田舎の青年
ILLUST
タジマ粒子
2
閃光の冒険者
ADVENTURER OF FLASH
モンスター文庫

ルーカス・パリギス
《剣士》
アルテ・フォン・アインズベルク
【閃光】

オリビア・ブリッジ
《魔法剣士》
リリー・カムリア
《魔法使い》

エリザ
SSランク冒険者
【氷華】

閃光の冒険者②

田舎の青年

MONSTER bunko

閃光の冒険者

ADVENTURER OF FLASH

CHAPTER

タイラント大平原
霧の湖
ゲルガー
公爵領
アインズベルク
公爵領
天龍山脈
アルメリア連邦
ルーヴェン山脈
首都
ランパード
公爵領
皇族直轄領
バルクッド
カナン
大帝国
テール草原
大渓谷
魔の森
リオン王国
フロレンティ
連合国
カリオス教皇国
ルル侯国
ブレスデン
公国
獣人国
太古の大森林

第18話：帝立魔法騎士学園

試験に向けた勉強漬けの二ヵ月があっという間に過ぎ、現在、数日後に控《ひか》える学園試験を受けるために、エクスの引いた馬車に乗り帝都アデルハイドに向かっている。

このカナン大帝国では、十五を迎える子供たちは貴族平民関係なく、どこかの学園に入学しなければならない。

俺が受けるのはカナン帝立魔法騎士学園という国内最難関の学園である。我が帝国の貴族達は基本的にここを受験し、試験に落ちた場合には、自領の学園に入学するというのが主な流れである。

俺は特待生になるために、何年も前からコツコツと勉強を重ねてきた。科目は魔法学、地理、歴史、算術の四つである。実技に関しては魔法と剣術のどちらか得意な方を選択できる。

俺はどちらでもいいのだが、剣術を選択するということは模擬戦用の木剣を使うということになる。

そんな晴れの舞台で他の剣を使ってしまったら、この星斬りという名のヤンデレソードが暴走しかねないので、諦めて実技試験は魔法にしようと思う。

この数ヶ月間、勉強以外に〈解放〉の練習を死ぬほどしてきたのだ。

魔臓の中で日々集めている光を無限反射させているので、魔力量は実質無限に近い。

日々、近距離戦の鍛錬《たんれん》も積んでおり、光鎧を使えば防御力も格段に高まる。

魔力を練るスピード、魔法の破壊力も研鑽《けんさん》を重ね、エクスという相棒もいる。

光探知と光学迷彩を使えば探知と隠密《おんみつ》も熟《こな》せて、赤外線カメラの応用で暗視もできる。

また、赤外線トラップで万が一の奇襲《きしゅう》も防げる。


不安なのは回復くらいだが、マジックバッグに高級回復薬をしこたま入れて備えているだけでなく、エクスがいれば治癒魔法を使ってもらえるので安心だ。

ほとんどの人には後れを取らないだろうが、この世界には俺と同じ「覚醒者」だけでなく、数多の傑物《けつぶつ》がいるのだ。

それに世界中には、龍とタイマンを張れるSSランク冒険者だって何人か存在するらしい。

そのうちの一人は、現在帝都アデルハイドを拠点にしているようなので、ぜひ会ってみたいものだ。


要するに、俺なんてまだまだということである。

「さて、エクスは全然疲れていないようだがそろそろ飯にするか、ケイル」

「そうですな。アル様は食いしん坊ですから」

「いや、それはエクスな」

「ブルル」

テール草原の大街道を何日も進んだ先にある、アデルハイドまで続く道の脇に馬車を止め、そこでケイルがマジックバッグに入れてきた、料理長の飯を皆で食べる。

運が悪いと盗賊や魔物の襲撃《しゅうげき》があったりするのだが、エクスがいるので誰も手を出してはこない。

「前から思っていたんだが、うちにあるマジックバッグって優秀すぎないか？〈空間拡張〉と〈状態保存〉と〈自動修復〉がついてるだろ？」

「大帝国は昔から民に優しい政治が行われておりますので、母国を愛する覚醒者が多いのでございます」

「なるほど、そういうものの開発に積極的に参加してくれるわけか。まぁ、若干他国に流れてしまうのは少々もったいない気もするが、致し方ないか」

「ですな」

「ブルル」

「アルテ様みたいに、戦闘狂の覚醒者ばっかりじゃないってことですね」

「俺は戦闘狂じゃないぞ」

言い忘れていたが、馬車を引く御者は侯爵軍騎士団中将マルコの倅《せがれ》である、ケビンだ。

食事も終わり、暫《しばら》く進むと、ようやく目的地が視界に入った。

「見えてきたな」

「懐かしいですな」

「そうか、ケイルは帝国騎士団出身だもんな」

「はい」


我がバルクッドの数倍の面積を誇り、城壁の高さも倍ほどある、冗談抜きで大陸最強にして最堅の都市、帝都アデルハイドがそこにあった。

巨大な門を潜《くぐ》り、侯爵家別邸へと向かう。

エクスのようなSランクモンスターは、高ランク冒険者でさえ一生に一度見るか見ないかというほど。その上うちのエクスは、本に出てくるスレイプニル、別名【深淵馬】と呼ばれるような超希少種族なのだ。

そのため、都市内を進めば固まって動かなくなる者や、気絶する者が続出したのである。

まぁ当の本人というか本馬は毛ほども気にしていないが。

そんなこんなで、侯爵家別邸へと到着すると、兄が出迎えてくれた。

「やぁ、アルテとケイル。久しぶりだね」

「おう、兄貴。二年ぶり」

「お久しぶりでございます」

「エクスの話も聞いたよ。進化したらしいね」

「ブルル」

「というか、よくレイが黙ってたね。三年間ここに住むの」

「来る時に泣かれた」

「やっぱりね……」

兄貴は苦笑いをしつつ、そう言った。

バルクッドの侯爵邸を出発する直前まで、レイにはかなり渋られたのだ。バルクッドに住めと。まぁ、アインズベルク領はかなり帝都から離れており、アデルハイドからバルクッドまでは普通の馬車で一ヵ月はかかるので実質無理なのだが。

「レイ様は最後、馬車に忍び込んでいるのを発見され、アリア様からお説教を受けておりましたな」

「それは……大変だったね」

「まぁ、悪い気はしないけどな」

「レイは天使だからね」

「ああ」

と、久しぶりの会話に花を咲かせるシスコンブラザーズと世話焼きジジイを横目に見ながらエクスは溜息《ためいき》を吐《つ》くのであった。

「ブルル……」

◆◆◆

試験当日。

「よし、じゃあ行こうか」

「なんで兄貴も？」

「だって僕、生徒会長だし」

「えっ、聞いてないんだが」

「聞かれてないし」

今日は、エクスはお留守番である（他の受験生をビビらせる可能性があるため）。

「これ、ちょっとした都市より広いんじゃないか？」

「何と言っても帝立だからね〜」

受験会場まで結構歩き、その間。

「ロイド様よ！　今日も美しいわ！」

「隣にいるのってまさか……」

「閃光様じゃない？　噂は本当だったのね」

「アインズベルクってやっぱヤバいな」

とか言われたのだが気にせず歩いていると、

「ロイド」

と見知らぬ女性に声をかけられた。

「ん？　あ、ソフィーじゃないか！」

「ロイド、隣にいるのはもしかして、最近話題の閃光か？」

「そうだが」

誰だ、この人と思いながら返事をする。

「アル、この女性は僕の婚約者のソフィア・フォン・ランパードだよ！」

「へぇ～、兄貴の婚約者か。よろしく」

「あぁ、よろしく頼む。気軽にソフィアと呼んでくれ」

「じゃあ俺もアルテと呼んでくれ」

と握手《あくしゅ》を交《か》わす。その姿を見た時、もしやとは思ったが彼女がアインズベルク侯爵家と対《つい》を成す、大帝国におけるビッグツーのうちの一つ、ランパード公爵家の三女か。ランパード公爵家の現当主も女性らしいので、女系一家なのだろう。

うちとランパード公爵家は、分野は別だが代々肩を並べて戦ってきたので、昔からいい関係が築《きず》けている。そのため、今回ソフィアが兄貴の婚約者になったのはある意味必然と言えよう。

「今日アルテは学園試験を受けにきたんだろう？」

「ああ」

「随分《ずいぶん》と余裕そうだが」

「余裕だからな」

「……」

と返事をすると黙り込んだ後に、快活に言った。

「ハッハッハ！！！　やはり噂に違《たが》わず大胆だな！　気に入った！」

「そりゃどうも」

（あんたもな）

「じゃあ、ここら辺で別れようか。アル、試験頑張ってね」

「おう」

◆◆◆

試験は四科目＋魔法実技なので、大体午後の三時くらいまで続いた。

若干疲れたものの、試験は余裕だった。

筆記試験はケアレスミスがなければ問題なく、魔法実技は少し張り切って、ロンギヌスの槍で的を消し飛ばした。

同じ会場にリリーがいたので、応援がてら見物していたら、火の上級魔法メテオを放っていたので、文句なしの満点だろう。

「あたしたちは、魔法の実技は免除になるでしょうね！」

「だといいな」

「一緒ね！　ふふっ」

「ああ」

友人がいい成績を残せたのは俺も嬉しい。

「おーい！　アルテ！　リリー！」

ルーカスとオリビアがやってきた。

「久しぶりだな、二人とも」

「あんたたち久しぶり！」

二人とも若干頬《ほほ》が緩《ゆる》んでいるので、試験は成功だったのかもしれない。

とここでリリーが、二人に質問する。

「ところで二人とも試験はどうだったの？」

「私は、筆記試験は高得点が狙えそうで、実技もまぁまぁだったわね」

「俺は、筆記試験は普通で、実技はいい感じだったな！」

「そうか」

「リリー達は？」

「あたしたちも上々よ！」

「そうか、なら安心だ！」

暫《しば》く四人で話しながら出口へ向かう。

「あ！　そういえば、アルテのお兄様って生徒会長って聞いたんだけど⁉」

「ロイド様は、実技は普通だけど、座学は研究者が舌を巻くほどすごいらしいわね」

「すげぇな‼」

「自慢の兄だからな」

「というか、あたしたち生徒会長だって聞いてなかったんだけど！」

「ん？　俺もさっき知ったからな」

「「「えぇ」」」

この兄にして、この弟アリである。

一方その頃。

「ハックション！」

「ん、どうした？　ロイド」

「いやぁ、どこかで噂でもされてるのかね～」

◆◆◆

試験から三日後。

「今日は待ちに待った合格発表だね！」

「俺より興奮してどうするんだよ、兄貴」

「だって弟の晴れ舞台じゃないか！」

「はいはい」

と、馬車の中で騒ぎながら移動する。引いているのは、もちろんエクスだ。

帝立魔法騎士学園は毎年三万人ほど受験し、そのうちの合格者が千人だ。三十人に一人しか受からないため、とても狭き門なのである。

そして入学試験の順位は初めのクラス分けに反映される。

クラスは上からSS、S、A～Hの順に分けられ、A－1～A－4のように四つに分けられる。

　まず上位百名がSSになる。学園試験の一位～二十五位がSS－1で、それ以降は二十六位～五十位がSS－2と続く。

　とても面倒だが、これは帝立魔法騎士学園が一学年千人もいるのが悪い。

「兄貴は今どのクラスなんだ？」

「僕は座学の評価が思ったより良くてね、ずっとSS－1だよ」

「やるじゃん」

「アルはSS－1はいけるだろうけど、いったい何位だろうね」

「特待生って上位十名だっけ？」

「そうだよ。上位十名に入れればその年の授業料が免除になるのと、あとほとんどの授業の単位が確定でもらえるね。でも一年後の期末試験で十位以下だったら二年次は普通の待遇に戻るから気を付けてね！」

「おう」

　その後、一人で掲示板を見に行くと、
　総合一位　　【アルテ・フォン・アインズベルク】

二位　【エドワード・ブレア・ルーク・カナン】

・
・
・

十二位　【リリー・カムリア】

・
・

十五位　【オリビア・ブリッジ】

・
・
・

十九位　【ルーカス・パリギス】

・
・

と書いてあった。よし、あの三人とはSS－1で同じクラスになれたので、とりあえず一安心だ。また点数は隣の掲示板に書いてあるようだが、順位さえわかれば後はどうでもいいので見なかった。

それよりも二位のカナン大帝国第二皇子、エドワードの方がよっぽど気になる。何が気になるのかというと、おそらく現在職員室では新入生代表挨拶を俺と第二皇子のどちらかにするか揉《も》めていると思う。

めんどうなので、第二皇子に擦《なす》り付けられないかと考えていると、我が友人たちが声をかけてきた。

「アルテ！　探したぞ！」

「おう、お前たちおめでとう」

「アルテ、あなた一位じゃないの」

「しかも特待生だし！」

「勉強を頑張った甲斐《かい》があった」

「あと私たち同じクラスよ」

「そうなんだよ！　超嬉しいぜ！」

「ひとまず安心だ」

「「そうね（だな）！」」

同じクラスになったといっても、俺は必須授業と実技授業は確定で単位がもらえるので、あとは選択授業に参加するだけだ。まぁ単位がもらえるといっても、来年の特待生を掛けて期末試験は受けなければならないので、それは忘れないようにする。

ちなみに選択授業は魔導具や魔法陣、結界などに関するものを取ろうと考えている。

まず冒険者として活動していく上で、魔導具の知識は絶対に必要となる。

光魔法は応用が利《き》くが、何も万能というわけではない。どちらかと言えばできないことの方が多いだろう。冒険の最中に何か問題が起こった時は迷わず魔導具の力に頼る予定だ。もちろん日常でも普通に使っていきたい。

また、魔法陣の授業を受ければ、赤外線トラップよりも優秀な魔法を創《つく》れるようになるだろう。

そして、将来バルクッドに防御結界を張るという野望を叶えるためにも、結界に関して積極的に学んでいきたい。

帝立魔法騎士学園の講師は皆、その道のプロフェッショナルだと聞いているので、大いに期待できるだろう。

また当学園では中間試験が実施されないのだが、それにはきちんとした理由がある。

何を隠そう、学園内で魔法と剣術を競《きそ》うデカいイベントが行われるからだ。

その名も「帝王祭」である。

それと、カナン大帝国内の最強を決める「帝龍祭」という武闘大会もある。

帝王祭は毎年開かれ、帝龍祭は二年に一度開かれる。

今年は両方開催される年なので、俺は両方参加する予定だ。

帝龍祭はこのカナン大帝国五億人の頂点を決める祭りだ。そして帝国の戦力たちを他国へ見せつけ、牽制《けんせい》するという目的もあったりするので、毎年覚醒者も何人か参加するらしい。

実は去年、今年の帝龍祭に出場してくれないか、と帝国の皇族から声が掛かっていたのだ。

もし優勝できれば、ご褒美《ほうび》がもらえるそうなので、出場するからには絶対に優勝する。

俺の戦闘力にはエクスも含まれているのだが、この祭りは従魔禁止なのでそこは注意しなければならない。だが魔法も剣も何でもありなので、ある意味俺向きのルールだと言えよう。

◆◆◆

それから三日後。

「よし、じゃあ四人集まったし入学式の会場に入るか」

中はとても広く、入学者で溢《あふ》れかえっていた。

「で、結局新入生代表の挨拶は第二皇子が担当するのね」

「ちぇ、楽しみにしてたのに」

「このチキン！」

「解《げ》せぬ」

新入生代表挨拶が終わり、今度は生徒会長挨拶の番になり兄貴が壇上《だんじょう》に上がる。

「アルテのお兄様って、本当に素敵よね」

「誰かさんと違って、しっかりしてそうよね！」

「ここから話を聞いてるだけでも、器《うつわ》のデカさがわかるぞ！」

「そうだな」

そして最後は学園長挨拶だ。ローブを着た長身の、エルフの美魔女が壇上に上がる。

「アルテ、あの学園長って覚醒者らしいわよ」

「え？　そうなの⁉」

「強そうだもんな！」

「そうだったのか」

無意識に光探知を作動し、魔力を探る。すると、今まで会った人のなかで一番魔力が大きく、流れも洗練されている。それは侯爵軍の白龍魔法師団長と同等。

なるほど、普通の覚醒者はこんな感じなのか。俺は魔臓の中で光を無限反射させ、戦闘時に足りなくなったら少しずつ魔力に変換するスタイルなので、傍《はた》から見たら魔力量は学園長より少ないだろう。まぁ、いつも日光を収束させて魔法を放っているので自前の魔力はほとんど使っていないのだが。

と考えながら自分の世界に浸《ひた》っていると、

「ねぇ、学園長あんたのこと睨《にら》んでない？」

「確かにスピーチしながらアルテの方を見てるわね」

「アルテ、なんかしたのか？」

「あ」


普通にバレた。

◆◆◆

入学式が終わったので、俺たちは教室へと向かう。

「どんな人がいるのか少し楽しみね」

「そういえば平民の人たちも何人かいたわね！」

「強い奴と友達になりたい！」

「確かに貴族以外の友人も何人か欲しいいな」

その後教室に入ると、すでに何人か到着していたようで、

「閃光だ」

「やっぱ本物は違うわね」

「閃光の周りも強そうな人ばっかりだ」

「あのマッチョは何者だ?」

とクラスがザワつく。

「後ろの方に座ろう」


席に座り、暫《しばら》く世間話をしていると、最後の一人が教室に入ってきた。

そいつはこちらに歩いてきて、俺に声を掛けた。

「あ、あの……隣《となり》に座ってもいいかな?」

「いいぞ」

そして、ぎこちない動きで俺の横に座った。

「ぼ、僕はエドワード・ブレア・ルーク・カナン。ぜひ仲良くしてくれると嬉しいな……」

「よろしくお願いいたしますわ、皇子様。私はオリビア・ブリッジと申します」

「あたしはリリー・カムリアです!」

「俺はルーカス・パリギスだ!」

「アルテ・フォン・アインズベルクだ」

「ちょっとあんたたち! ちゃんと敬語使いなさいよ!」

「あはは！　そのままで大丈夫。僕はそういうの気にしない派だからね！」

この第二皇子は皇位継承権第二位で、受験結果を見てわかると思うが、とても優秀な上に、今のやり取りで器が大きいことが判明した。それに第一皇子は病弱体質なため、第二皇子は将来皇帝になる可能性がある。

皇子や皇女はそれぞれ派閥を持っており、帝国の貴族は基本的にそのどれかに所属している。

第一皇子は実質継承権レースから離脱しており、現在第二皇子と第一皇女の一騎打ち状態らしい。また元第一皇子派閥の貴族の多くが第一皇女側に流れたと聞いた。

つまり第二皇子であるエドワードは現在ピンチなのである。

第二皇子派閥は貴族の数では第一皇女派閥に勝っているが、第一皇女派閥には伯爵家以上の貴族が数多く所属しているため、全体的な勢力では負けているそうだ。

現在、アインズベルク侯爵家とランパード公爵家は中立を決めており、どちらにも属していない。

ちなみに、この両家と親しい貴族も中立である。

例えば、この三人とか。

そしてこの両家は仲が良いので、もしランパード公爵家が第一皇女派閥に所属すれば、便乗してうちも所属するだろうし、もしうちが第二皇子派閥に所属すれば、ランパード公爵家も便乗するだろう。代々そんな感じなのだ。

少し適当に思うかもしれないが、遥《はる》か昔から背中を預けあって戦ってきたという見えない楔《くさび》は、そのくらい重いのである。よく言えばお互いを信頼している。

「エドワードがここに座った理由は大体察しが付くのだが、なぜそこまで継承権を手にしたいんだ？」

「おぉ、今初めて会ったばっかりなのに、結構踏み込んでくるね」

他の三人も目を点にしている。

「うーん、そうだね。第一皇女である、スカーレット姉上との仲はあまり悪くないし、むしろ良好なんだけど」

「じゃあ、なんで派閥争いなんてしてるんだ？　別に譲ってもいいだろうに」

「問題は姉上というより、そこの派閥の貴族たちなんだよね」

「どういうことだ？」

「控《ひか》えめに言っても、カナン大帝国の戦力は大陸で三本の指に入るでしょ？」

「そうだな」

「今はアインズベルク侯爵軍とランパード公爵軍という、一軍で小さい国を落とせるような大戦力が他国を牽制してくれているからいいんだけどね」

「あぁ。それがいつまで続くかわからないから、この二軍が猛威《もうい》を振るえるうちに他国を叩き潰《つぶ》してしまおうというわけか。最近でいうとアルメリア連邦とか」

「そういうことなんだよ。今は姉上が押さえつけてるからいいんだけど、これがいつ爆発するかわからないからね」

「確かに今更第一皇女が『継承権を諦めます』とか言ったら、そいつら逆上して反乱とか起こしそうだもんな」

「そうそう、これだから強硬派はねぇ」

「そいつらの理論はわからなくもないが、カナン大帝国が侵略を始めたら世界大戦になるぞ」

「彼らも一応それをわかっているはずなんだけどねぇ。はぁ……」

「エドワードも苦労してるんだな」

「あーあ。どこかの閃光様が協力してくれれば、いいんだけどなぁ」

「いいぞ」

「だよねぇ……え？」

「だから、協力してもいいって」

「ほんと？」

「親父に書簡を送った後、侯爵家の力を使っていろいろ調べることになると思うから、結構時間がかかるけどな」

「さすがに初対面の僕の言うことが、全部信用できるわけじゃないもんね」

「そうだな」

「まあそうやって慎重に動いてくれる方が、これから一緒に戦う身として安心だよ」

「そうか」

「全部信じたらそれはそれで心配だよ、協力者として」

「二回言わなくていいぞ」

「そうだね。あはは」

なんというかエドワードからは兄貴と同じ匂いがプンプンする。そんな奴が将来皇帝になったら安泰《あんたい》だろうし、俺が勝手に帝城に入っても怒られなさそうだ。

「というわけで多分俺たちは第二皇子派閥に所属することになると思うから、今のうちに実家に書簡を送っておいてくれ」

「「ええ」」

◆◆◆

そんな会話をしていると、教室にこのクラスの担任が入ってきて皆の視線が釘付けになる。

「よーし、皆揃っているな。これから三年間、このクラスの担任させてもらう、アグノラだ。よろしく頼む！」

生徒は入れ替わるが、教師は三年間固定らしい。それもそうか、教師や生徒が毎年入れ替わってたら、非常にややこしくなるからな。一学年千人で四十クラスもあるのだから。

そこからアグノラがこの学校の履修《りしゅう》システムとイベントの説明、それから特待生についての説明をした。想像していたより俺は自由に過ごせるようなので一安心だ。

「では順番に自己紹介をしてもらおう。場合によっては三年間ずっと同じクラスになるかもしれないから、できるだけ詳しく頼むぞ。誰からにしようか」

「じゃあ、僕からさせてもらおうかな」

とエドワードが名乗りを上げた。できる男である。

「初めまして。僕はエドワード・ブレア・ルーク・カナン。この国の第二皇子をさせてもらっているよ。水属性の魔法と剣術を駆使して戦う、典型的な魔法剣士タイプだね。よろしく！」

その後リリー達も自己紹介を行い、ついに俺の番が回って来た。

全員の視線が刺さる。

「次は俺か。俺はアルテ・フォン・アインズベルク。アインズベルク侯爵家次男だ。光の固有魔法が使える。あと一応剣術も嗜《たしな》んでいる。よろしく」

皆、頭にハテナを浮かべたような顔をしている。まぁ、帝国の至る所で俺の過度な噂が【閃光】という異名と共に広がっているようだからな。聞いた話では、吟遊詩人《ぎんゆうしじん》のネタにもされているようだし。

おそらく皆は、どんなすごい固有魔法を使うのか気になっていたのだろう。しかし蓋《ふた》を開けてみれば固有魔法は光だったため、落胆《らくたん》するというより困惑《こんわく》しているのだ。この世界での光とは、文字通りピカピカ光るくらいの印象しかないからな。

そこでアグノラがおもむろに言う。

「閃光っていう異名は、そこから来てたのか」

するといろんな所から、

「もっとヤバい魔法を想像してたわ」

「まぁでも、冒険者ランクはSみたいだし」

「剣術も嗜んでいる程度って……どうやって戦っているんだ？」

「まさか覚醒者ってだけで、持て囃《はや》されてるわけじゃないわよね？」

「そういえば優秀な従魔がいるって聞いたわよ」

などとコソコソ声が聞こえる。

「なんか誤解されているようだが、俺は嘘は言ってないし。まぁいいだろう」

「よくないわよ！」

「あなたねぇ……」

「アルテが陰口言われるのは、嫌だな！」

「あははっ、皆まだ若いね」

　少しザワザワした後、アグノラが一括する。

「おいお前ら、アルテは二位と圧倒的な差を付けて、総合一位を勝ち取ったんだ。くれぐれもそれを忘れるなよ。あと私が言うのもなんだが、学園だからそういうのが許されているのであって、あまりアインズベルクを舐《な》めない方がいいぞ」

　さっきまでいろいろ言っていた奴らが、ゴクリと唾《つば》を飲んだ。

　あと点数は面倒くさかったから確認していない。初耳である。

「俺は本当に興味ないし、どうでもいいんだが……」

　俺がいつもつるんでいる三人組とエドワードが、特別いい奴らなのかもしれないな。そういえば、数ヵ月前にカーセラルで俺に突っかかってきた変な貴族がいたことを思い出した。

　やはり今までの俺の周りのレベルが特別高かったのであって、この学園にも変なのがいっぱいいそうだな。まだ皆十五歳だし。

　などと考えながら、

「でももし変に突っかかってくる奴がいたら、半殺し程度で済ませてやるか」

その瞬間、教室が凍り付いた。

その静寂《せいじゃく》をぶち壊すように、リリーが言った。

「ねぇ、そういえばこの前カーセラルで、アイザック男爵家の次期当主の腕が斬り飛ばされたって聞いたんだけど、あんたまさか……」

「あぁ、あの変な奴か。あいつが俺に突っかかってきて、それを止めた店員を斬ろうとしたから、俺が仲裁《ちゅうさい》したんだ」

「あの事件、貴族界隈《かいわい》でそこそこ話題になってたのよね。なんで加害者が罪に問われなかったのかって」

「それはアルテは悪くないな！　寧《むし》ろ良いことをしたと思うぞ！」

「普通仲裁で腕は斬り飛ばさないよ‼　噂に違わず豪快だねぇ！　あっはっはっは！」

などと自己紹介そっちのけで談笑をしていると、アグノラが咳《せき》ばらいをして視線を集めた。

「コホンッ！　で、では今のは聞かなかったことにして、次の人の自己紹介に移ろうか！」

「よし、俺も聞かなかったことにしよ」

「き、今日はいい天気ねぇ」

教室が変な空気になったが、丸く収まったので良しとしよう（全然収まってない）。


その後。

「よし！　全員自己紹介が終わったな。今日はこれで解散だ！　明後日から本格的に授業が始まるから、各々《おのおの》どの授業を選択するのか決めておけよ！」

「では、解散！！！」


「ねぇ、どうせなら皆でこのまま食事しに行かない？」

「あたし賛成！」

「俺、腹減ったぞ！」

「兄貴によれば、学園の食堂はかなりレベルが高いらしいから、そこに行ってみよう」

「いいわね！」

「僕も一緒に行って、いいかな？」

「じゃあ、五人で食堂行くか」


食堂に到着し、皆好きなランチを注文し食べていると。

「アルテさ。父上からの招待状がいくつか届いたことない？」

「ああ。何年か前から何度かあるな」

「すごいわねぇ」

「あんたやるわね！」

「アルテはすげーな！」

「で、何回帝城に来た？」

「一度も行ってない」

「――え」「――」

「やっぱりそうだよね？」

「あぁ」

十二歳の時、ヴァンパイアベアを討伐したが、実はそれから何度か皇帝からの招待状が届いていたのである。

「あんたなんで行かないのよ！」

「だって無理はしなくていいって書いてあったし、親父も行かなくていいって」

「――え？　カイン様が？」「――」

「ああ」

エドワードが疑問に思ったように、聞いてくる。

「ねぇ、アルテ。その時アインズベルク侯爵は、他に何か言ってなかった？」

「『あいつの悔《くや》しそうな顔が目に浮かぶぞ！　ハッハッハ！』って言ってた」

「やっぱりね。父上とアインズベルク侯爵は、学生の時から親友らしいし」

「カイン様って割と大胆なお方よねぇ」

「ねえ、なんかルーカスと同じ匂いがしない？」

「え？　俺と『鬼神』様が？　やったぜぇ！！」

「もちろん、悪い意味でね！」

「なぜか戦闘スタイルも同じだしな」

そんな会話をしながら食事を進める。


「実は、父上から伝言を預かっているんだよね」

「そうなのか？」

「そうそう。『カインの倅《せがれ》にしか相談できないことがあってな』って言ってた」

「そうか、じゃあ明日行ってみよう」

「それと『一応そのことを話してみて、それがわかったら無理に来なくてもいい』とも言ってた」

「そうか、じゃあ話してみてくれ」

帝城には行きたくないので、できればここで済ませたい。

するとオリビアが、

「ねぇねぇ、それって私たちも聞いていいの？　国家機密なんじゃ……」

「そうなんだ。だから二人だけで話したいんだけど」

「わかった」

この後三人とは解散し、学園の教室を借りて話すことになった。

「それで？」

「最近、アルメリア連邦に放っている密偵《みってい》から、嫌な報告があったらしくて」

「なぁ、それ本当に俺が聞いてもいいのか？」

「大丈夫。『カインの倅なら別にいいんじゃないか？』とか言ってたし」

「じゃあいっか」

「それに、アルメリア連邦が攻めてきたら、アルテはどうせ学業そっちのけで戦争に参加しに行くでしょ？」

「そうだな」

「それでこそアルテだよね。そしてここからが本題なんだけど」

エドワードは一息置いた。

「アルメリア連邦が『飛竜部隊』を結成したらしいんだ」

「⁉」

今までの戦争は、簡単に言えば陸から攻めるか、海から攻めるかの二択だった。

しかし、ここにきて「空」という第三の選択肢が生まれようとしていた。

飛竜とは一般的にワイバーンのことを指《さ》すので、もしそれが実現したら天龍山脈を迂回《うかい》して直接帝都アデルハイドに攻撃できてしまう。

「それはマズいな。それで、なんで俺なんだ？」

「それがね、うちも対抗して飛竜部隊を結成しようとしたみたいなんだけど……」

「ワイバーンを手懐《なつ》ける方法がわからないと」

「そうなんだよ。魔物研究家たちにも協力してもらってるんだけどねぇ」

ワイバーンは腐ってもBランクなわけで、簡単に従魔魔法がかけられるような相手ではない。

そしてこの世界は下手に魔法や魔導具が発達しているので、何かできないことがあると、無理にそれらで解決しようとするきらいがある。

そのため、おそらくカナン大帝国の上層部は、アルメリアが新しい従魔魔法や特別な魔導具を生み出し、ワイバーンを手懐けたと考えているはずだ。

「アルメリアも馬鹿じゃないから、その方法とかは超機密にされていて、うちの諜報員《ちょうほういん》でも情報をまったく掴《つか》めないんだ」

「そりゃあ、これまでの常識を覆《くつがえ》すような部隊だからな」

「アルメリアの強硬派が穏健派を飲み込めた理由がわかるよね」

「飛竜部隊には飛竜部隊をぶつける以外に、勝つ方法はないからな」

「魔法は下からは届きにくいけど、上からは撃《う》ち放題だもんねぇ」

「で、それがわからないと進まないからSランクモンスターを従魔にした俺に、話が回ってきたわけか。確かに俺にしかできない相談だな」

「でも簡単にはいかないよねぇ」

だが、前世の情報を持ち、この世界でも様々な経験をしている俺は、さっき少し話を聞いた時に、実はその解決策をひらめいていたのだ。

「方法はわかったぞ」

「え……少し聞かせてもらっていいかい？」

「まだ結成されてはいないと思うが、飛竜には帝国軍魔法師団の優秀な奴らが騎乗するんだろ？」

「そうだよ、よくわかったね」

「で、そいつらはワイバーンを従魔にしようと画策《かくさく》し、直接ワイバーンの生息地に赴《おもむ》いて試したけど、全然無理だったわけだな」

「な、なんでわかるのさ」

「それで、帝国の上層部は、アルメリアが何か新しい従魔魔法か魔導具を開発したのではないか、と考えたわけだ」

「はぁ、もう驚かないよ」

「ハッキリ言って、上層部は高ランクの魔物を舐めすぎだ」

「えっ」

「そもそも魔物を従魔として手懐けるにはなにが重要だと思う？」

「うーん。従魔魔法の練度？　それとも魔物とその人の実力差？」

「いい線はいってるが、間違いだな」

「そうなんだ。それで結局なんなのさ？」

「『愛』だな。『友情』でもいい」

「えっ。ほんとに言ってる？」

「あぁ、魔物はランクが上がるにつれて知能が上がっていくだろ？」

「うん」

「ワイバーンだってある程度の知能と感情を持っているんだ。そこで、自分を傷つけてきた奴に従魔魔法をかけられて、はいそうですかとなるわけがないだろうが。全力で抵抗するだろ」

「なるほど……」

「帝国上層部はどうせ、そこら辺のスライムとかゴブリンとかを従魔にしてる冒険者に話を聞いただけだろう？　低ランクモンスターは馬鹿だし、魔法に対する抵抗力が低いから、すぐに従魔魔法がかけられるんだ。だが高ランクモンスターは違う」

「じゃあどうすればいいの？」

「一番早いのはワイバーンの巣から卵を盗み、子供の頃から手懐けて従魔にする方法だな。たぶんアルメリア連邦の連中もこの方法だと思うぞ」

「じゃあ、だいぶ前から準備していたんだね」

「そうだな。これをカナンの魔物研究家が知らなかったのが驚きだが」

「どういうこと？」

「魔物は生まれて初めて見たものを親と認識するんだよ」

「そうなんだね。というかなんでアルテは知ってるの？」

「え、普通に」

「普通にって……」

「ちなみに、俺とエクスは家族と同じくらい仲が良いし、互いを信頼しているぞ」

「さすがは閃光だね。この前帝都で吟遊詩人が謳《うた》っていたよ。『かの冒険者は閃光と呼ばれ、迅雷《じんらい》を纏《まと》う黒馬に跨《また》る。さらにその魔法は全てを滅《めっ》し、その剣は星を斬る』ってね」

「そうか」

こうして話し合いが終わり、

「ねぇ、帰りにアルテの家に寄ってエクスを見せてもらってもいいかな？」

「一応国家機密の伝言なんだから、真っすぐ帰れよ……」

「ちょっとだけ！」

「ちょっとだけな」

おまけを連れて帰宅することになった。

◆◆◆

というわけでカナン大帝国第二皇子を連れて侯爵家別邸に来た。

「おーい、ケイルー。友達連れてきたぞ～」

「おかえりなさいませ、アル様。そちらの方ですかな？」

「初めまして、エドワード・ブレア・ルーク・カナンと申します」

「なんと！　第二皇子様でしたか！　私はアル様の専属執事を務《つと》めさせていただいている、ケイルと申します。よろしくお願いいたします」

「エドワードがエクスを見たいってゴネるもんだから、嫌々連れてきた」

「できれば触りたい」

「そうでしたか。エクスでしたら先ほど裏庭にいるのを見かけましたよ」

「そうか、じゃあ早速行ってくる」

「お茶の準備をしておきましょうか？」

「いや、エクスを一目見たら帰るから気にしないで！」

「そうですか、では私はお邪魔だと思いますので、これで」

この別邸もそこそこ広いので、暫《しばら》く歩いて裏庭へ行くと、そこにはゴロゴロしているエクスがいた。

「おーい、エクスー」

エクスを呼ぶと、ものすごいスピードで走ってきた。

「ブルル」

「ん、どうした？　エドワード」

エドワードはぽかーんとした顔で固まっていた。

「こ、これが伝説の深淵馬！　すごい迫力だね！　大きさも普通の馬の三倍はあるんじゃない？」

「そういえばエクスはSランクのスレイプニルだったたな」

「ブルルル？」

エクスもそうだっけ？　と言っている。

「なんというか、二人は似た者同士なんだね」

「そうかもな」

「ブルル」

とここでエドワードが、

「あの～触らせてもらっていいかい？」

「ブルルル」

「いいってさ」

エドワードはエクスの鬣《たてがみ》を撫《な》でた。

「おっふ」

「語彙《ごい》が崩壊してるぞ」

ナデナデナデナデナデナデ……。

実家にいた時は母ちゃんとレイに定期的に鬣を収穫されていたので、ここまで長く伸びたのは久しぶりかもしれないな。

暫《しばら》く撫でた後に、エドワードが思い出したように口を開いた。

「そういえば、エクスとはどこで出会ったの？」

「ヴァンパイアベアっていう魔物を討伐した時に、近くでボロボロになっていたエクスを見つけたんだ。その時はまだ仔馬《こうま》だったんだが、群れの仲間を守ろうと俺の前に立ち塞《ふさ》がってきてな」

「勇敢《ゆうかん》だねぇ」

「群れは全滅してたから、亡骸《なきがら》を守ろうとしてたんだと思う」

「本当にいい子だね」

「魔物なのに妙《みょう》に情に厚い奴だったから、すぐに気にいってな。回復薬をかけた後に一緒に来ないかと誘ったら、エクスは悩んだ末に一緒に来ると決意してくれたんだ」

「な、エクス」

「ブルル」

「ロマンチックだねぇ。っていうか元からSランクだったの？」

「いや、仔馬の時はBランクのバイコーンだったぞ。その後一緒に暴れまわってたら、いつの間にかSランクのスレイプニルになってた」

「ブルル」

エドワードが苦笑いをした。

「なんというか、それを聞くとうちの魔法師団の人たちがワイバーンを従魔にできなかった理由がよくわかるよ。本当に無駄な努力だったんだね……」

「そうだな」

「はぁ、これを含めて父上に伝えるのは、とても骨が折れそうだ……」

「なぁ、俺が直接飛竜部隊作りを手伝ってやろうか？」

「え？　いいの⁉」

「おう。一応冒険者として、魔物の相手には慣れているからな」

「助かるよ！！」

「じゃあ主な計画が決まったら、おいおい連絡してくれ」

「了解だよ。ありがとうね、アルテ」

その後も雑談に花を咲かせ、気が付けば太陽が地平線の向こう側に沈《しず》みかけていた。

「では、そろそろ帰ろうかな」

「どうやって帰るんだ？」

「ここに来たみたいに歩いて帰るけど」

「帝城まで馬車で送ってやろうか？」

「いいの？」

「もちろん。というか皇子を徒歩で帰らせるわけないだろうに」

「エクス、引いてくれるか？」

「ブルルル」

「特別にエクスが馬車を引いてくれるってよ」

「えええええ!?」

エクスもエドワードから兄貴と同じ匂いがプンプンしているのに気づき、案外この皇子を気に入っている。俺は従魔契約のおかげで、エクスの考えは大体わかるのだ。

またエクスは一頭で馬車を引けるので、すぐに別邸を出た。

「乗り心地がとてもいいね！」

「この馬車はエクス用にカスタマイズされた特注品だからな。あと鼻息荒いぞ、お前」

「アルテはいつも乗っているからわからないだろうけど、普通の人は人生で伝説の魔物に馬車を引いてもらえることなんてないからね！　ましてや、あの深淵馬だよ⁉　それは興奮もするって！」

「言われてみれば、確かにそうかもしれんな」

「余談だけど、Sランクモンスターを従魔にしたのって、今までもこれからもアルテだけだと思うよ！」

「そうか。でも一応言っておくが、俺とエクスが昔から一緒にいるのは、エクスがSランクだからとか、俺が覚醒者だからとかそんな下らない理由じゃないからな」

「やっぱり閃光って大陸中で話題になるだけあるね。ちなみに聞くけど、どんな理由なんだい？」

「家族だから」

「な、エクス」

「ブルル」


すぐに大通りへ出た。

「エクスは大きいから、大通りに入ったらいろんな人とぶつかったり、道が詰《つ》まったりしそうだなって思ってたけど、杞憂《きゆう》だったね」

「全員避《さ》けてくれるからな」

「やっぱりエクスはすごいんだね！　カッコいいし！」

「また鼻息荒くなってるぞ」

「おっと失礼」

そして帝城に到着。

「ここまでありがとうね、二人とも！」

「おう」

「ブルル」

「早く父上に自慢したいから、もう行くよ！　じゃあね！」

「じゃあな」

「ブルルル」

と手をブンブン振りながら走って行った。ちなみに門番はめっちゃ驚いて腰を抜かし、エクスに鼻で笑われていた。

それを見届けた後、俺たちはすぐに踵《きびす》を返した。


「あいつ面白いだろ？」

「ブルル」

「だよな」

と二人でニヤニヤしながら帰路についた。

◆◆◆

授業初日。

友人達と雑談をしていると、教室に担任のアグノラが入ってきた。

「おはよう諸君《しょくん》！　よし、初日から遅刻、欠席するような弛《たる》んだ奴がいないようで安心だ！　今日は必須授業しかないから、特待生は受けてもいいし帰ってもいいぞ」

するとと半分ぐらいが残り、半分ぐらいが教室から出ていった。

「じゃあ俺は学園の敷地内にある『帝立大図書館』に行くから、予定通り昼に食堂で合流しよう。午後の実技講義には参加するからな」

「わかったわ」

「あんた帰ったらぶっ飛ばすからね！」

「昼飯が楽しみだな！」

「エドワードはどうするんだ？」

「僕は皆と授業受けるよ！」

と俺も教室から出て、帝立大図書館へ向かう。ちなみに今日は図書館へ行った後、午後の実技に参加するが、これからは速攻で帰り、エクスとダンジョンへ行くこともあれば、冒険者ギルドで依頼を受けることもあるだろう。

ま、その日の気分次第ってわけだ。

「デカいな……」

圧巻の一言である。

「今日は魔法陣について調べたいことがあったんだよなぁ」

と言いながら館内をトコトコ歩いていると。

「あら、奇遇《きぐう》ね」

「……」

「ちょっと、無視しないでくれる⁉」

「……ん？　俺に言ってるのか？」

「そうよ……もしかして私のこと覚えてないの？」

「すまん」

「同じクラスの特待生のシャーロットよ！」

「そうか、じゃあな」

「ちょっと！　待ちなさいよ！」

声をかけてきたのは、同じSS－1クラスの特待生のシャーロットらしい。茶髪で活発的な印象を受ける平民の女子だ。あと、自慢じゃないが同じクラスの生徒はエドワードを含めたいつもの四人組しかちゃんと覚えていない。教師のアグノラは覚えているが。

「ん？　どうした？」

「ねぇ、あなたそれ素でやってるの？」

「ん？　ああ」

「はぁぁぁ」

「どうしたんだ、溜息なんて吐いて」

「あなたのせいでしょ！」

「そうか」

「なーにが『そうか』よ！　あなたはそうやって……」

暫《しばら》く謎の説教をされた後、端っこのテーブルに座り本題に移った。

「私ね、夢があるの」

「そうか」

「気になるでしょ？」

「別に」

「そこは普通、気になるところでしょ！」

「じゃあ聞かせてくれ」

「はぁ、まあいいわ。私の夢は、アインズベルク侯爵軍の白龍魔法師団に入ることよ！」

「実家から近いのか？」

「それもあるけど、昔テール草原の大街道を馬車で走っていたら、グリーンウルフの群れに襲《おそ》われたの」

グリーンウルフは単体でEランクだから、群れであれば実質Dランクの危険度である。

「それは災難だったな」

「そうなのよ。でもその時に白龍魔法師団の人たちに救ってもらったの」

「それで白龍魔法師団に入ることが夢なのか」

「そうよ」

「で、アインズベルク侯爵軍総帥の息子である俺に声をかけてきたわけだな？」

白龍魔法師団と黒龍騎士団は総帥直下の超精鋭部隊なのである。

「そういうことよ。ま、同じクラスだから、そのうち話すことにはなったでしょうけどね」

「魔法は得意なのか？」

「私は風・水属性の上級まで使えるわ！」

「なるほど、じゃあ白龍魔法師団に入れるかどうかは置いといて、とりあえず侯爵軍魔法師団長に書簡を送っておいてやるよ」

「ほんと？　ありがとう！　あなた良い人ね！」

シャーロットは、貴族より苦労の多い平民出身なのに特待生の枠を勝ち取った、超優秀な生徒なのだ。普通に考えて将来一流の魔法師になると思うので、今のうちに唾をつけておいても損はないだろう。

こんな感じで、これからも将来有望な若者をバンバン発掘し、スカウトしていきたいものだ。

「もう一度言っておくが、白龍魔法師団に入れるのは、侯爵軍魔法師団五万人のうちの上位二百名だけだから、そんなに甘くはないぞ」

「望むところよ！」

「その意気だ」

「急に話は変わるんだけど、あなた授業のない時はいつもここにいる予定？」

「いや、これからはダンジョンに行くか、冒険者ギルドの依頼を受ける予定だな」

そう。外出イコール俺とエクスのストレス発散なのだ。

「ふーん、私は基本ここにいる予定だから、来る時はちゃんと声を掛けなさいよね！」

「おう」

今一瞬目が肉食獣のように鋭くなったのは、おそらく気のせいだろう。

「さっきも言ってたけど、そういえばあなたは貴族なのに冒険者やってるのね」

「趣味でな」

「帝都に来た時に吟遊詩人が、あなたのこと謳ってたのを聞いたわよ」

どんだけ俺のことを謳ってんだよ、吟遊詩人……。

「そうか」

「その魔法は全てを滅し、その剣は星を斬るって聞いたけど、さすがにそんなことできないわよね？」

「そうだな」

ここでシャーロットと別れ、魔法陣の本が置いてある階へ向かう。

そこへ向かいながら一人でそっと呟《つぶや》く。

「たぶんな」


その日の昼は皆と食堂で食事を取り、そのまま訓練場に移動した。

「さぁ！　そろそろ実技の講義を始めようか！」

「って、剣術の講師はアグノラだったのかよ……」

「聞いた話によると、先生は帝国騎士団出身で、かなりの凄腕らしいわ」

「へぇ～」


「では早速説明していくぞ！　単位の取得にも関係する話だから、集中して聞くように！」

アグノラが意気揚々と剣術講義に関しての説明を始めた。

自クラスの生徒の面倒を直接見れることと、皆の実力を測れることが嬉しいのかもしれない。

SS－1は同世代であれば、帝国内で間違いなくトップクラスだからな。元帝国騎士としては、非常に気になるところなのだろう。

単純な性格だが、かなり良い教師だと、俺は思う。

「よし！　ではまず、全員この私と一対一の模擬戦を行ってもらう！」

ここでクラスメイトから盛大なブーイングがあがった。

「初回講義で元帝国騎士と試合をするのは、少しおかしいと思いまーす」

「そうだそうだ！」

「アグノラ先生の自己満足では？」

「剣士、又は魔法剣士タイプの生徒には大丈夫だろうけど、魔法師タイプの生徒には少し酷《こく》だろうに」

「えぇい！　うるさいぞ、お前達！　もう決めたことなんだから、黙って木剣を持て！」

生徒達は渋々木剣を手に取った。もちろん俺もだ。

星斬りからヤバい魔力を感じるが、今だけは許してほしい。俺だけ真剣を使うわけにはいかないのだ。

『……』

訓練場の中心に、模擬戦用の舞台が建設されている。

そこでアグノラが待ち構えており、生徒達は一人ずつ、嫌々挑んでいくという流れだ。

模擬戦のルールはシンプルで、どちらかが先に一本入れるか、得物を飛ばすかすれば終了だ。

ちなみに身体強化は使用禁止だ。

「どこからでもかかってこい！」

一人目の生徒が接近したが……。

「えっ？」

一瞬で剣を弾き飛ばされ、それは宙に大きく弧を描《えが》き、地面に突き刺さった。

本人からすれば、何が起きたかわからなかっただろう。アグノラも簡単そうにやってのけたが、実は相手の剣を飛ばすのは至難《しなん》の業《わざ》だ。それだけで彼女の技術力の高さが理解できる。

その後も……。

「はっはっは！　どうしたどうした！　お前達の実力はそんなもんか⁉　帝国のトップが聞いて呆《あき》れるぞ！！！」

暫《しばら》くはアグノラの無双状態が続いた。

「いや、強すぎだって……」

「俺気づいたら、手から木剣が消えてたんだけど」

「私も」

「化け物め！」

しかし、中にはそこそこ打ち合えた者もいた。

「くっそー！　全然敵《かな》わなかったぜ！」

「先生は技術も反応速度もパワーも、全部が桁《けた》違いね」

それはルーカスとオリビアである。

ついに俺の出番が回ってきた。

「では次の者！」

「体力底なしかよ……」

「ん？　やっとお前の番か、アルテ！！！」

俺は舞台に上がり、下段の構えをとった。

「話によれば、閃光は魔法だけでなく、剣術も相当なものらしいな。その実力、この私直々《じきじき》に試させてもらうぞ！」

「こちらこそ、元帝国騎士とやらの実力を測らせてもらう」

生徒達も何やらざわついている。

「閃光が出てきたわ」

「これでアイツの化《ば》けの皮が剥《は》がれるぞ」

「魔法師がアグノラに剣で勝てるわけがないだろう」

「そうそう。俺は閃光が瞬殺されるに一票」

アグノラが不敵に笑った。

「何やら外野が盛り上がっているが、言わせっぱなしで良いのか?」

「別に興味ない」

「そうか。でも担任としては、これを機に実力を示し、ぜひ仲良くなってもらいたいものだっ!」

俺とアグノラは同時に地を蹴った。その勢いのまま、舞台の真ん中で互いに剣をぶつけ合う。

バリィ!!!

空気が割れたような、甲《かん》高い音が訓練場を駆け巡る。

そしてすさまじい剣戟《けんげき》が始まった。

当たり前の話だが、アグノラは先ほどまではまったく本気を出していなかった。

速さも力も、技の鋭さも段違い。さらには隙《すき》を見て体術を織り交《ま》ぜてくる。

一瞬でも気を抜けば、一撃入れられてしまうだろう。

「先生、さっきとは別人じゃないか」

「これが帝国騎士の本気戦闘なのね……」

「それとまともに打ち合っている閃光は一体……」

「覚醒者ってだけで持て囃《はや》されてるとか、適当な噂流した奴誰だよ」

「とんでもない怪物じゃないか」

　リリー達が勝ち誇ったような表情をしている。

「ふん。今までアルテの悪口ばっかりいってたくせに、急に手のひらを返しちゃって」

「情けないわねぇ」

「アルテが許してくれてたから見逃してやってたけど、本当なら鉄拳制裁ものだからな！」

「僕はあの人達と関わるの、やめておこう～っと。どうせ来年には下のクラスに落ちるだろうし」

「はっはっはっは！　楽しいなァ！　楽しいぞォ！！！　閃光ォォォォォ！」

「こっちこそな」

　ヤバい。アグノラの剣術が想像を遥かに超えてきたため、俺は今、柄《がら》にもなく興奮してしまっている。こんなに楽しい試合は久しぶりだ。

　俺は彼女の、帝国剣術と体術を合体させた独特な連続攻撃を、冷静に捌《さば》いていく。

「ハァァァァ！！！！！」

アグノラが一回転し、強烈な横なぎを放ってきた。

俺は吹き飛ばされないよう重心を落とし、袈裟《けさ》斬りで迎え打った。

剣と剣が交差した瞬間……。

バキッ！！！

両者の剣が真ん中から折れた。

「試合終了だ！！！　皆アルテに拍手！！！」

「「「ウォォォォ！！！！」」」

パチパチパチ。

「想像以上だったぞ！　さすがはSランク冒険者だ！　あの吟遊詩人の謳《うた》も本当のようだな。

そんな生徒の担任になれて、私は鼻が高いぞッ」

「たまに剣術の相手をしてもらえると助かる」

「もちろんだ！　私はいつでも待っているからな！」

「おう」

剣術実技の後は魔法実技の講義だったのだが、的《まと》に撃《う》つだけのつまらない講義だった。

まぁ、普通の初回授業のあり方としては、こちらが正しいのだが……。

魔法訓練場には、あらかじめ強力な結界が張ってあるので、光の矢やロンギヌスの槍を派手にぶっ放し、少しストレス解消ができた。

リリー達の上達した魔法を見ることができた上に、エドワードの魔法練度が結構高いことが判明したので、結果的に参加して良かったと思う。

余談になるが、俺が魔法を撃った時、外野がまたざわついていた。

しかしネガティブな内容ではなかった。どちらかと言えば、模擬戦の時のような反応だった。

「今日の授業、楽しかったわね！」

「ええ。特に午後の実技が良かったわ」

「個人的にはまた生でアルテの戦いが見れて感動したぜ！」

「アルテの嫌な噂が払拭《ふっしょく》できたのも、スッキリしたよ」

「なんかありがとうな。俺もお前達の剣術やら魔法やらが見れて良かった。あとアグノラも」

「そうそう！　そういえばアグノラ先生の……」

なんて雑談をしながら、門へと向かい、解散した。

かなり充実した一日だった。

正直、必須授業や実技授業は当分受けない予定だったが、今日実際に参加してみて考えが変わった。

「たまには受けてみるのも、良いかもしれんな」

あまりエクスを放っておくと、普通に拗《す》ねてしまうので、ほどほどにさせてもらおう。

その時、腰付近からドス黒い魔力を感じた。

『…………』

「あ」

もう一人の相棒のことをすっかり忘れていた。すまん、星斬り。

この後、ご機嫌直しという名の魔物狩りに出かけようか。

もちろん、エクスを連れて。

「いくぞ、エクス」

「ブルルル」

その日、帝都周辺の魔物が何者かにより乱獲されたらしい。

第18・5話：帝国魔法師部隊と共に

先日、ついに皇帝陛下から、飛竜部隊結成に関する正式依頼が届いた。

その依頼内容は、まず帝国軍魔法師団所属のエリート等と共にワイバーンの巣へ向かい、卵を盗む。次に帝国が用意した施設にて卵を孵化《ふか》させ、魔法師達を親だと認識させる。最後に幼竜を直接観察し、安定した育成方法を確立するための議論に参加する。

この三つに直接携わることが、今回の主な仕事である。

ちなみに帝国が飛竜部隊を結成することは極秘情報なので、冒険者ギルドは通していない。どこに間者《かんじゃ》が潜《ひそ》んでいるのかわからないからな。帝国軍の上層部に紛《まぎ》れ込んでいないことを願うばかりである。

依頼当日。俺はエクスに跨り、帝都の正門を訪れていた。

「依頼書には商隊に扮《ふん》していると記《しる》してあったが……生憎《あいにく》それらしき馬車が多すぎてわからん」

「ブルル」

俺とエクスに関しては隠れようがないので、あちらが俺達を見つけてくれることを願い、屋台でつまみ食いをすることにした。

「このサンドイッチ、具がたっぷり詰まってて美味いな」

「ブルルル」

エクスの喉《のど》が渇《かわ》いたらしいので果実水を追加で購入し、二人でダラダラ飲んでいると、一人の男が声を掛けてきた。

「アルテ様でしょうか」

一見どこにでもいるような格好に雰囲気。しかし、その力強い目を見れば、ただの一般人ではないことがわかる。

「そうだ。一応聞いておくが、お前は何者だ？」

「申し遅れました。私は帝国軍魔法士部隊の中将を務めさせていただいている、テュラムと申します。以後お見知りおきを」

まさかの中将だった。

「そうか。では早速案内してくれ」

「承知致しました」

「あと、もう少し口調を崩してもらえると助かる。そこまで畏《かしこ》まられると、逆にむず痒《がゆ》い」

「了解です」

俺とエクスはテュラムの背中に付いて行った。

「今回は協力してくれてありがとうございます」

「いいんだ。俺は普段アインズベルクの一員として、かなり帝国に世話になっているからな。たまには恩を返さなければ」

　というのはもちろん建前で、ここで協力しておけば、将来アインズベルクでも飛竜部隊を結成できる可能性が、いろんな意味でグッと高まるのだ。帝国軍と共にそのノウハウを学び、侯爵軍にも持って帰ろうという魂胆《こんたん》である。おそらく陛下も、それに関して重々承知の上で俺に声を掛けてきたと思うので、互いにＷＩＮＷＩＮであろう。

「アルテ様はとても謙虚《けんきょ》な御方なんですね」

「そうでもないぞ」

「普通その年齢で、それほどの富、権力、名声……そして力を手に入れた場合、誰でも多少は傲慢《ごうまん》になるものですよ」

「まぁ育った環境がもっと悪ければ、俺もそうなったかもしれんな。だが運よく周りに恵まれたおかげで、それに当てはまらずに済んだ」

「さすがは、あのアインズベルクといったところですね」

　案内されるがまま門を潜り、帝都の外に出ると、そこには大きな馬車が五台並んでいた。

「なるほど、すでに外で待機していたのか」

「はい。中で待機すると目立ちすぎると思い、先ほど移動させたんです。申し訳ない……」

「そうか。臨機応変に対応するのは良いことだ。気にするな」

「そう言ってもらえると助かります」

商人とその護衛に変装した魔法師達と無事合流し、ワイバーンの巣へ向かう。

ワイバーンは基本単独で行動するが、子育ての次期になると一か所に集まる習性を持っている。その集まる場所こそがワイバーンの巣である。

馬車が隊列を組み、街道を進む。俺とエクスはその後ろに付いて行く形だ。

前方の馬車の中からチラチラと視線を感じる。おそらくエクスが気になるのだろう。

人慣れしているSランクモンスターなんて、世界でもエクスくらいなので、気持ちはわからないでもない。でもそこまでジロジロ見られると気が散る。

なんて考えていると、前から馬に跨ったテュラムがやってきた。

テュラムは苦笑いをしながら頬を掻《か》く。

「アルテ様、すみません。我々は魔物慣れしていないもので。特にSランクともなると……」

「ま、ここで慣れておけば、ワイバーンにビビらずに済むだろう」

「確かにそうですね。ポジティブに考えさせてもらいます」

「そういえば、テュラムは初見でエクスに物怖《お》じしなかったな」

「以前散歩中に何度かお見かけしたもので」

「なるほど。というか中将も散歩するんだな」

「私を一体なんだと思ってるんですか……」

「まぁ雑談はここまでにして、本題へ移ろう。何か話があってここに来たんだろう？」

「はい」

テュラムは真剣な顔になり、声のトーンも下がった。

「どうやってワイバーンの巣から卵を盗むかについて、相談しにきました」

「まず奴等は孵化から子育てまでをメスのみで行うのだが、卵を産んでから孵化するまで一切飲み食いせず、巣に張り付いている。そこまではいいな？」

「はい。子煩悩《ぼんのう》で有名ですもんね」

「ここで俺とエクスの出番だ」

「と、言われますと？」

「俺達が囮《おとり》になってワイバーンたちを引きつけるから、その間にお前達が卵を盗んでくれ」

「……本気で言ってるんですか？　最悪の場合、数十体の飛竜に追いかけられることになりますよ？」

「エクスの足なら余裕だ。追いつかれるか、追いつかれないかのギリギリの距離で引きつけ続けるから、そっちもスムーズに頼むぞ」

「了解です……これがSランク冒険者ですか。頼もしいどころの話じゃないですね」

「今回ばかりはエクスに感謝してくれ」

「ありがとうございます、エクスさん」

「ブルル」


さすがにその日のうちには到着せず、街道の脇《わき》で野宿することとなった。

それもそのはず。もし帝都から一日の距離に巣があったら、危ないなんてもんじゃない。

食事は魔法師達が準備してくれたのだが、これがなかなか美味かった。エクスも満足なようで、終始ご機嫌だった。これを機に魔法師達と交流を深めることとなり、彼等がエクスにビビることもほとんどなくなった。またエリート魔法師ならではの、魔法に関する深い話も聞くことができたので、俺も満足である。もちろん野営も彼等任せである。

早足で馬車を進めること約三日。ようやくワイバーンの巣の近くまで来た。

件の巣は、とある森の最深部にあるため、馬車は森の手前に待機させておき、ここからは全員馬に乗って向かう。

「少し探知してみよう」

「頼みます」

俺は光探知を発動させた。すると、約二百メートル先に魔力反応があった。一か所にいくつもの濃い魔力が密集している。おそらくあれがワイバーンの巣だろう。

俺達はもう百メートルほど接近し、立ち止まった。

「準備はできたか？」

「「「はっ」」」

「よし。では作戦開始だ」

俺とエクスは巣に突っ込む。

「グルルルル」

「グガァ」

「グル？」

ワイバーンたちが、こちらの存在に気が付き、一斉に首を振り向かせた。

ここで今まで抑えていた魔力を一気に解放し、子育てで敏感になっているであろう神経を逆《さか》撫《な》でする。連中は飲まず食わずで判断能力も鈍《にぶ》っているため、必ず成功するはず。

「グルルル！」

一体が空に飛び上がった。それを皮切りに全てのワイバーンが空に飛びあがり、怒り狂った表情で、俺達に狙いをすませた。

「いくぞ、エクス」

「ブルルル」

俺とエクスは魔法師達がいない方へ走る。チラリと後ろを振り返れば、空が黒い影で埋め尽くされていた。まるで映画のワンシーンである。

変に巣から離れすぎると、逆に警戒され戻ってしまうかもしれないので、巣と一定の距離を保ちながら森の中を蛇行《だこう》する。

上空からの攻撃を上手く躱《かわ》しながら逃げること約二十分。痺《しび》れを切らしたのか、一匹の飛竜が巣に帰っていった。それに気が付いた他の竜達も次々と後を追った。

真っ先に帰ったのは、確か先ほど最初に飛びあがった個体だったので、もしかしたらその飛竜が巣のボス的存在だったのかもしれないな。

「ご苦労だったな、エクス。早く馬車の所まで戻ろう」

「ブルルル」

俺達は休憩する間もなく、踵《きびす》を返した。

真っ先にテュラムが出迎えてくれた。

「アルテ様！　お疲れ様でした！」

「おう。そっちはどうだった？」

「ふふふ。バッチリです」

　と言い、馬車のカーテンを捲ると、そこには数十の飛竜の卵がズラリと並んでいた。

「作戦大成功だな。あいつらが馬車に気が付く前に帰ろう」

「はい！」

　無事卵を盗むことに成功し、来た道を引き返したのであった。

　ちなみに、ここは人里から遠く離れた僻地《へきち》なので、怒り狂ったワイバーンが他の人間を襲う可能性はほとんどないので安心してほしい。

　あと俺がワイバーンを討伐しなかった理由は、ここら一帯の環境を変化させないためである。Bランクの飛竜は、かなりの地域で頂点捕食者として君臨しているので、あの数を減らしてしまうと、それはそれで問題になるのだ。

　帝都に帰還後、俺達はその足で、帝国が用意した件《くだん》の施設へ向かった。

「卵は温めた方がいいと思いますか？」

「いや、ワイバーンの体温はそこまで高くないから、無理に温めなくてもいいと思うぞ。それより、孵化するまではずっと傍《そば》にいてやった方がいい」

「な、なぜです？」

「ワイバーンがずっと卵から離れなかったのには、子煩悩以外にも理由があるかもしれないからだ。例えば、卵に微量の魔力を流し続けることで、孵化をする前から、親だと認識してもらうだとか」

「そういう考え方もあるのですね。興味深いです」

「だから魔法師達には、極力卵の傍から離れないように、と言っておいてくれ」

「了解です」

その夜、一匹の飛竜が孵化した。

俺とテュラムの前で、若い女性魔法師が子犬ほどの大きさの赤ん坊竜を、大事そうに抱きかかえていた。

「ギャア！　ギャア！」

「はいはい。いい子でちゅね～」

「ふむ……なんというか、想像以上に可愛いな」

「非常に愛くるしいですよね～」

テュラムはそう言いながら、優し気な表情で卵を抱いている。

女性魔法師は問う。

「エサはどうすればいいですかね？」

「ワイバーンは身体の構造上、乳が出せない。だからまずは細かく切った肉を与えてみよう」

肉を赤ん坊の前に持ってくると、興味を示した。

だがクンクンと匂いを嗅ぐだけで、特に食べようとはしない。

「もしや、まだ歯がないから食べれないのか？」

「その可能性もありますね。ペースト状にしてみましょう」

そこで肉をペースト状にし、与えてみると……。

「おお！　食べてくれましたね！」

「自然下では親竜が口の中でこの作業を行い、肉を直接食べさせているのかもな」

「どう？　美味しい？」

「ギャア！」

「ふふふ。いっぱい食べるのよ？」

また、女性魔法師のことをしっかりと親だと認識しているようだ。

「言葉も若干理解してそうじゃないか？」

「彼女の声かけに対して反射で返事をしているだけの気もしますが、竜種であれば理解していても不思議ではないですよね」

「まだまだわからないことだらけだな」

「たくさんの可能性を秘めている、とも言えますね」

「ああ。間違いない」

「この調子で全ての卵を孵化させ、バランスの良い食事を与えてくれ。成体に育つまでは、魔法師と仲良くしつつ、のびのびと育ててやればいい。ワイバーンも人間と一緒で個体差が存在するだろうから、それを考慮《こうりょ》して部隊を編成してくれ。どうしても戦いが苦手な個体がいたら、そいつを荷物の運搬《うんぱん》係にする、とかな」

「了解です」

「じゃあ俺の仕事はここまでだ。そろそろ帰るとする」

と言うと、テュラムを始めとしたエリート魔法師達が深く頭を下げた。

「本当にありがとうございました。この段階まで進めたのは、全てアルテ様のおかげです」

「そんなに畏《かしこ》まらないでくれ。お前達も十分頑張っただろうに」

そういえば、テュラム達は一度大失敗をしているんだったな。だから本当に嬉しいのだろう。

「また何か問題が発生した時は相談してもいいですか?」

「もちろんだ。俺も飛竜部隊の進捗《しんちょく》が気になるからな」

「では、またお会いしましょう」

「ああ。またの連絡を待っている」

というわけで、今この時を以て、陛下からの正式依頼を遂行《すいこう》することができた。

第19話：学園長からの依頼

早くも始業から一ヵ月が経ち、クラスの皆は親交を深め合っていた。

ちなみに俺は、あれから結局、選択授業しか受けてない上に、それすらオリビア、リリー、ルーカス、エドワードと被せている状態なので、マジで友達がいない。

しいて言えば、たまに大図書館でシャーロットに声を掛けるくらいか。

学園には兄貴と兄貴の婚約者、それとこの五人しか知り合いがいないわけだ。

今日も朝からクラスへ向かい、ホームルームでアグノラの話を聞いていると、

「ああ、そういえばアルテはこのあと学園長室へ向かうように」

「嫌だよ」

「嫌でも行くんだよ！！！」

「えぇ」

何やら周りからも怪訝な目を向けられている。

「ねぇ、アルテ。またなにかやったの？」

「あんたまた事件起こしたの⁉」

「俺も見たかったなー！」

「今度はどこを斬り飛ばしたんだい？」

などど、えらい言われようである。


というわけで、やってきました学園長室。

コンコン
「入っていいですよ」

ガチャ
「失礼します」

「あら、アルテ君じゃないの」

「アグノラに言われて、嫌々来た」

「そういうことは言わなくていいの」

学園長は苦笑いをした。

「別に俺は何も事件とか起こしてないんだが」

「違うわよ。今月、野外演習があるじゃない？」

「あぁ、そんなこと聞いたな」

ちなみに野外演習は実技科目に含まれており、特待生の俺は単位が免除されているため、特に参加する必要はない。今のところ、サボる予定だ。

「毎年、高ランクの冒険者を何十人も雇っているのだけど」

「まぁ、素人のガキを何人も魔物の生息地に放り込むんだから、妥当《だとう》だな」

「そうなのよ。で、あなた高ランク冒険者の資格持っているわよね？」

非常に嫌な予感がする。


「持ってないぞ」

「嘘つかないの」

「一応、Sランクの冒険者資格を持ってる」

「というわけで帝都の冒険者ギルドを通して指名依頼を出しておくから、よろしくね」

同級生の子守《も》り依頼なんて受けたくはない。お金には困っていないので、尚更《なおさら》。

「絶対嫌だ」

「あなた、入学式でコソコソ私の魔力探ってたわよね？」

「……」

「勝手に人の魔力量を測《はか》ったりするのは、御法度《ごはっと》なんだけどねぇ」

「……エクスも連れて行っていいなら」

「エクスって噂のスレイプニルよね？　あの伝説の」

「ああ。俺の相棒だ」

「ダメよ、魔物が全部逃げちゃうじゃない」

「エクスを舐めすぎだ。気配を隠すくらいできるぞ。それも高ランク冒険者にバレないくらいにはな」

「あらそう。じゃあいいわよ」

「分かった。それなら引き受けよう」

「うふふ。じゃあ改めてよろしくね」

いつもなら何度も断るんだが、この手の相手はどうせ引かないから、さっさと諦めて依頼を受けることにした。それにいくら依頼とはいえ、学園長に恩を売るという事実は変わらないからな。

まさか生徒としてではなく、一冒険者として演習に参加することになるとは。

「ところで、アルテ君はもう選択授業を受けた?」

「友人達と一緒に、いくつか気になるものを受けたぞ」

「そうなのね。うちの講師達は皆、優秀だったでしょう?」

「おう。さすがは帝国一の学園だ」

「うふふ。そう言ってもらえると嬉しいわ」

その後、学園長室を出て再び教室に向かった。

「そういえば、学園長の名前聞くの忘れてたな」

◆◆◆

そして次の日、エクスを連れて冒険者ギルドを訪れた。

ちなみにここは大陸で五つしかない冒険者ギルドの本部である。支部はそれぞれの都市にあるが、本部はカナン大帝国内に一つしかない。

帝都では、いくつものSランクパーティと一人のSSランク冒険者が、この本部を拠点に活動している。Sランクパーティとは何度か交流する機会があったが、SSランクの冒険者はまだ見たことがない。

「まぁ、おそらく覚醒者だろうな」

ちなみにここに初めて来た時、広すぎて受付の場所がわからずウロチョロしていたのだが、偶然それを見かけた冒険者パーティが俺に声を掛け案内してくれた。礼をするついでに少し話をしたところ、彼等は宵月《よいづき》というSランクパーティだということが判明した。実力だけでなく、気遣《づか》いもSランクらしい。冒険者の鑑《かがみ》である。

また彼等も俺の二つの名である閃光を知っていたので、逆に驚かれた。

その出会いをキッカケに、帝都についての情報を細《こま》かく教えてもらったり、ランクが同じなので何回か共に依頼を受けたりした。

俺も順調に交友関係を広げているのである。


たくさんの冒険者の間をすり抜けるように進み、受付へ向かった。

「閃光さん、今日もお疲れ様です！　学園から貴方宛《あなたあ》てに指名依頼が出されているので、今からその説明をしますね」

「頼む」

学園長からの依頼に合意したのはつい昨日の話だが、もうギルドに依頼が届いているらしい。仕事が早いな。さすがは帝立の学園だ。

「依頼日はちょうど二週間後で、内容は学園一年生の野外演習の引率《いんそつ》ですね。この日は約五百人の生徒が十人一組で計五十組に分かれます。そのため閃光さん以外に、四十九名のBランク以上の冒険者が雇われます」

「なるほど」

「場所は帝都近郊の『カイルの森』です。冒険者の方は現地集合なので、朝早く森の入り口付近に行ってくださいね。それとエクスちゃんも連れて行っていいみたいです」

エクスがギルド職員に『ちゃん』呼びされていることを今初めて知った。存分に可愛がられているようで何よりだ。


「わかった。俺の他にSランクパーティはいるのか？」

「えっと、宵月が参加しますね」

「知り合いが参加するようで安心した」

これはかなり嬉しい情報である。

「あと、依頼は丸一日なので注意してくださいね」

「あぁ。もし戻ってこないパーティがいたら、冒険者総出で大捜索《だいそうさく》しなきゃだからな」

「はい、そうなんです。あと他に聞きたいことはありますか？」

「いや、特にない」

受付嬢はその言葉を聞き、依頼表をしまった。

「では、今日は別の依頼を受けますか？」

「さっきクエストボード見てきたけど、良さそうなのがなかったから、また今度にしておく」

「わかりました。いつでも寄ってくださいね！」

「ああ」

この受付はSランク以上の、冒険者専用の受付なので、周りに人気《ひとけ》がなくて静かなのだ。とても俺好みである。

「あれ？　閃光じゃねえか。早くうちのパーティに入れよ」

「入らんわ」

そこで件のSランクパーティ宵月と出くわした。Sランク以上専用の受付がある上に活動時間が被《かぶ》っているので、宵月とはよく会うのだ。

宵月は魔法使い三人の魔法極振りパーティである。ただSランクなので、もちろん剣の技術も並み大抵の冒険者とは比べ物にならない。

メンバーはジャック、デイジー、ルビーの男一女二の計三人で、特にリーダーはいない。

「そういえば、宵月も野外演習の依頼受けたらしいな」

「あれ報酬《ほうしゅう》がめっちゃうまいんだよな。他のパーティも受ければいいのに」

そこでデイジーが、やれやれといった感じで言った。

「でも冒険者は、子供の面倒見るの苦手な奴が多いからねぇ」

「ルビーも苦手。っていうか嫌い」

「まぁいいじゃねえか。楽っちゃ楽だし」

「そうだな」

（問題が起きなければな）

その後いろいろと世間話をし、解散した。

「じゃあな。二週間後によろしく頼むぜ」

「またねぇ」

「じゃ」

「おう。またな」

俺はその足でギルドを出て、エクスの下へ向かった。

「またせたなエクス。暇つぶしに今日の飯でも取りに行くか」

「ブルルル」

エクスは魚料理をご所望《しよもう》らしい。

「そうか、じゃあ少し遠いけど『霧の湖』まで、魚型のモンスターでも取りに行くか」

◆◆◆

小一時間ほど食いしん坊馬に乗って走り、ついに目的地まで到達。

「いつも通り、霧が深くかかっているな」

「ブルル」

「じゃあ、エクスあとよろしく」

と言うと、エクスは長い角に魔力を溜《た》め、湖に向けて雷を放った。

バリバリバリ！

すると、水面に魚型のモンスターとたくさんの魚がプカプカと浮かんできた。

「さすがだな。じゃあ早速マジックバッグに入れて帰るか」

「ブルル」

「ん？」

高い魔力反応を感じてすぐに光探知で湖を探《さぐ》る。湖の底から何かが上がってくる。

「エクス、強敵が現れるぞ」

「ブルル」


「ガァァァァァァァ！」

巨大な三つ目の亀が、水しぶきを上げて飛び出してきた。

「Bランクのミミクリー・ビッグタートルだ！　エクス、頼めるか？」

「ブルル」

エクスはすでに魔力を練っていたようで、巨大亀へ、ではなく上空へ雷を飛ばした。すると
ノータイムで空から雷が亀へ落ちた。辺りにすさまじい轟音《ごうおん》を鳴り響《ひび》かせながら。

すぐにミミクリー・ビッグタートルへ視線を移すと、丸焦げになり、目を閉じていた。

「ナイスだ、相棒」

「ブルル」

　初見の魔物なので、近づいて観察しようとすると。

　ミミクリー・ビッグタートルは両目を見開き、大きく口を開けた。

「ガァァァァァァァ！！！」

「!?」

　星斬りは腰に差したままで、魔法を放つ準備もしていない。

　完全に不意打ちを食らってしまった俺は、自分に亀の口が迫《せま》るのを見つめるしかなかった。

　しかし、その時。

「ブルルル！！！」

　エクスが跳躍し、そのまま亀の首に角を突き刺した。

「ガァァ……ァ……」

　そしてミミクリー・ビッグタートルは、今度こそ息の根を止めた。

「ありがとうな、エクス。完全に油断していた」

「ブルルル」

　エクスの頭を撫で、礼を言った。

あの亀は表面が丸焦げになっていたのにもかかわらず、まだ生きていた。おそらく雷耐性を持っていたのだろう。亀の他にもそういう魔物がいるかも知れないので、これからは完全に倒すまでは常に気を張っておこうと思う。いい勉強になった。

「さすがに素材としては持って帰れないけど、肉が焦げた良い匂いがするな」

「ブルルル」

「そうだな、さっさと帰って料理長に飯でも作ってもらうか」

魔物の亀は完全に陸に上がっていたので、湖に浮かんでいた魚たちは無事だった。

俺達はすぐさまそれらをマジックバッグに入れ、アデルハイドに帰ったのであった。

◆◆◆

侯爵家別邸に帰宅後。

「ケイルー」

「これはアル様、お帰りなさいませ」

「エクスと魚取ってきたから、料理長に渡しといてくれ」

「承知しました」

料理長へと届けるように言いつつ、ケイルにマジッグバッグを預ける。

「エクスはどうする？」

「ブルル」

「そうか」

夕飯まで寝るらしい。


その夜。

「ん？　この魚とても美味しいね！　新鮮だし脂がのってるよ！」

「さっき、エクスと取ってきたやつだからな」

「おお！　それを聞いたら、もっと美味《おい》しく感じてきたよ！」

「気のせいだろ。そういえば兄貴に聞きたいことがあるんだけど」

「ん？　なんだい？」

「学園の野外演習についてなんだが、あれはどんな感じなんだ？」

「え、参加するのかい？」

「Sランク冒険者としてな」

「あらら、それは災難だったね。説明をすると、この学園の生徒達は優秀な子が多いんだけど、その分プライドが高い子も多いんだ。だから毎年魔物に舐めてかかって怪我《けが》をする生徒が続出するんだよね〜」

「それでも、高ランク冒険者が引率するのもあって、死者は出ないんだな」

「そういうことだね。冒険者達のおかげだよ。学園では年に何度か野外演習があるけど、初回は毎回酷い有様なんだ。去年は魔物を前にして泣いて逃げた生徒が行方不明になって、冒険者と教師が大捜索したしね」

「最悪だ……」

もしかしたら、ハズレ仕事を引いたかも知れない。

◆◆◆

二週間後の朝。

「アル様、起きてください。今日は野外演習の依頼の日ですよ」

「知らん」

「そんな我儘《わがまま》言ってると、今日の夕食抜きにしますよ」

「くっ、この鬼畜《きちく》め」

「はっはっは。心地の良い朝ですな」

ケイルは妻も子もいないので、アルのことを本当の孫のように思ってたりするのだ。実際、アルテのことを「アル」と呼ぶのは侯爵家の家族達とケイルだけである。

朝食を食べ終え、窓から外を見ると、エクスが裏庭で湧水《わきみず》を飲んでいた。エクスは水魔法が使えるが、冷たい天然の湧水をガブ飲みするのも、これまた乙らしい。

「エクス、飯は食ったか？」

エクスはこちらを見て、

「ブルル」

「今日は例の依頼の日だぞ。準備はできてるか？」

「ブルルル」

「そうか。じゃあ俺もすぐに準備をするから、少し待っててくれ」

俺は窓から頭を引っ込め、まずは防具を着る。次に星斬りとマジッグバッグを腰にセットし、最後に外套《がいとう》を羽織《はお》る。これで準備完了だ。

廊下では使用人達がせっせと働いているが、すれ違う時は頭を下げてくれるので、手を挙げて無言で返事をする。

屋敷の玄関を出ると、そこでエクスとケイルが待ってくれていたので、エクスに跨り、

「行ってくる」

「ブルル」

「行ってらっしゃいませ」

たくさんの視線を受けながら大通りを進む。一応門番に冒険者タグを見せてから帝都の門を

潜り、再び進む。そして。

「エクスいいぞ」

「ブルル」

俺とエクスは有り余った魔力を垂れ流しにする。普段都市の中では俺もエクスも周りを威圧しないよう魔力を抑えているのだが、これがまた疲れるのだ。都市外であれば周囲を気にしなくても大丈夫だし、低ランクの魔物が寄り付かなくなるので、基本的に垂れ流しにしている。

また俺達は二人で数多《あまた》の死線を潜りながら、ほぼ毎日戦いに明け暮れる日々を過ごしてきたのだ。そのため俺たちの身体から目に見えない覇気が自然と流れる。この覇気は生物の本能を刺激するので、本気を出せば物理的な圧力を伴《ともな》い、低ランクモンスターくらいなら手足が動かなくなり、息も詰まるだろう。

アルテは閃光の冒険者として大陸中に謳《うた》われる存在なのだ。高ランク冒険者とはほんの一握りしかいない存在。そのSランクに史上最速でソロで駆け上がった、猛者《もさ》の中の猛者が彼なのだ。普段はボーっとしているが。

またアルテはメリハリをつけるタイプなので、この冒険者の格好をしている時は装備も相まって普段とは別人のような覇気を放っている。その戦闘を見た冒険者が、閃光という異名を付け、エクスと共に大陸中に広まったのである。

「ふぅ。やはりいいな、冒険者は。都市の外なら何も気にしなくてもいい」

「ブルルル」

「それに今日は依頼なんだ。気を引き締めていくぞ」

「ブルル」

　エクスは目にもとまらぬ速さで、カイルの森に向けて駆け始めた。

　風を切って進むこの快感が、俺達は好きなのだ。

　すると遠くの方に数百人の集団が見えた。

「そろそろだな」

「ブルル」

　目的地に到着し、たくさんの視線が刺さるが、気にせずに周りを見渡す。

「お、宵月だ。絡みに行こう、エクス」

「ブルル」

　宵月の面々はすでにこちらに気づいているようだ。まぁ俺達は目立つしな。

「っていうかアルテお前、その覇気というか圧を弱めろよ……」

「学生の子達が可哀《かわい》そうだしねぇ」

「あの男の子、息してない」

そこへアグノラが走ってきて、

「そこの冒険者！　ア、アルテだよな⁉」

「ああ」

俺は鼻の高さまである外套の襟《えり》を少しずらし、顔を見せてから返事をする。

「ちょっと、その覇気？　のようなものを隠してくれないか？」

「あ、やべ」

こうして俺とエクスは普段のように魔力や覇気を抑える。到着した場所の近くにいた冒険者が話しかけて、教えてくれればよかったのにな。

「そういえば、エクスお前Sランクモンスターじゃん」

「ブルル」

「お前もだろうが……」

ジャックが思わずツッコむ。そして考えてみてほしい。一般人、それも学生の前にSランクのヴァンパイアベアやカイザーマンティスが急に現れたら、阿鼻《あび》叫喚《きょうかん》となるだろう。今回は遠くから徐々に近づいたのでまだマシだったが。

暫《しば》くすると学生達は正気に戻り、

「そりゃ閃光って大陸で謳われるわ……」

「俺は息ができなかったぞ」

「自慢じゃないが、俺は少しチビッた」

「あれってアインズベルクだよね？」

「入学して早々、あの閃光に陰口叩いた馬鹿な奴等がいたらしいぞ」

「あ、あれが伝説の深淵馬か……」

「なんか少し可愛いわね//／」

エクスは体高が二メートル以上あるので、その背に跨りながら学生と冒険者達を眺《なが》めると、たまたまSS－1のクラスの連中がいる場所を発見した。

「向こうに行ってみるか」

「ブルル」

学生達の視線を釘付けにしたままエクスに乗って近づく。

すると、いつもの四人が駆け寄ってきて、挨拶もなしに開口一番。

「あんた！　いつもと全然別人じゃない！」

「これがSランクの貫禄ってやつかしら」

「遠くからでもピリピリ覇気を感じたぞ！」

「エクスだけじゃなくてアルテもすごいんだね！」

少し談笑してると、リリーが話しながら近づいてきた。

「エ、エクスに触ってもいいかしら？」

「ブルルル」

「いいってさ」

「じゃあ私も」

「俺も！」

「僕もまた撫でちゃお～」

とマスコットキャラクターばりに撫で回されていた。それもそのはず、そもそも生きている魔物なんて、普通はノーリスクで触れないのだ。エクスのような伝説の魔物に触れれば、人生で忘れられない思い出になるのは確定である。普段は裏庭でゴロゴロ昼寝をしているのだが。

ちなみに、エクスが触ってもいいと許可しているのは、俺と親交のある四人組だからであって他の人に触られると普通にキレる。エクスは人族には基本関心がないのだ。

それを見てSS－1のクラスの奴等も、

「いいなぁ」

「なんで俺、陰口叩いちゃったんだろう」

「最初は怖かったけど、ああやって見ると可愛いわね、あの子」

「アインズベルクは学園にいる時と別人じゃないか」

「私も従魔が欲しくなってきたわ……」

「俺も冒険者目指してみようかな」

と言っているが、俺はシャーロット以外誰も覚えていないのである。

エクスが撫で回された後。

「なぁ、いつまで待ってるんだ？　これ」

「あと半刻は待たされると思うわ」

「だってよ、エクス。それまでどうする？」

「ブルルル」

「そうか」

と俺達は冒険者達がいるゾーンへ戻り、エクスがどしんと腰を下ろす。そのまま横になって昼寝を始めたので、俺もエクスの腹に背を預けて外套のフードを被り、足と手を組んで昼寝を始める。

「「「「ええ」」」」

そこへ宵月が来て、

「お前等、似た者同士だな」

「うふふ、そっくりねぇ」

「私も昼寝したい」

そのままグッスリと昼寝を続け、半刻ほど経った頃、俺はパッと目を覚ます。エクスも起きているようだ。冒険者として活動していくうちに、自然と時間間隔《かんかく》が身についた。

起きたところ、ちょうど代表の教師が説明をし始めた。俺は学園長とギルド本部の受付嬢に詳しく聞いたので、宵月の奴等と世間話をしていた。そして次々と十人一組+冒険者一人で森に入っていく。

なぜか最後に俺とエクスが残り、アグノラが、

「アルテが引率するのはこの組だ」

俺の担当はH－1になり、十人の生徒がよろしくお願いします、と言って頭を下げた。

「ああ」

なんだ、割と腰が低くていい奴等じゃないか（ビビってるだけ）。

◆◆◆

カイルの森に入ってすぐに光探知を起動すると、俺を中心とした半径数キロメートルの範囲中のことが、手に取るようにわかる。

「この方角にあと一キロ歩いたところにゴブリンが三匹いるから、向かうぞ」

「ブルル」

学生たちは頭にハテナを浮かべながら、そちらへ歩き始めた。ゴブリンは動き続けるので、俺が先頭で進み、一番後ろにエクスがいる。ちなみに俺とエクスは極限まで魔力を抑え、隠密《おんみつ》状態である。

「今のうちに作戦を伝えておく」

　と言うと、生徒達は少し不安そうな顔をした。

「と言っても、シンプルでわかりやすいものだから安心してくれ。じゃあ説明するぞ」

　生徒達はまだ素人で緊張しているので、内容を何度も簡潔に伝えた。

　警戒しながら歩みを進めること約十分、ようやく標的の姿を確認した。

「あいつ等だ。まだこっちには気づいていないから作戦通りに動けよ」

　生徒達はコクコクと頷く。もう少し近づき合図を出した。

　まず七人の学生が二、二、三に分かれて一体ずつ攻撃魔法を放つ。相手が怯《ひる》んだら、残りの三人が突撃して斬った。

「よし、上手くいったな。魔法も剣も見事だったぞ」

「な、エクス」

「ブルル」

　その言葉を聞いた生徒達は、すぐに両手を掲《かか》げて喜んだ。

「やったぜ！」

「すごく緊張したけど、上手くいったね！」

「うん。でも……」

と言い、地面に転《ころ》がった死体に視線を移した。

初めて魔物を仕留めた時のショックと、成功した嬉しさが相まって、複雑な気持ちなのだろう。

「そのうち慣れるから安心しろ」

そう声をかけて、次の魔物を討伐しに行く。

何度か同じことを繰り返し学生達も慣れてきた頃、リーダー的存在の女子生徒が、

「閃光が戦ってるところが見てみたい」

と言い出したので、

「いいぞ」

とゴブリンが五匹いるところまで歩き戦闘を開始する。俺が魔法を飛ばしても参考にならないので、星斬りを使う。

しかし今星斬りを抜くと、膨大な魔力が溢れ出し、バレてしまうので、まずは気配を隠したまま近くの木の陰まで近づく。

魔物は前に三匹、後ろに二匹いるので気づかれないうちにまず後ろの二匹を仕留めたい。

身体中の神経を尖《とが》らせて目を細め、相手との距離を把握《はあく》する。

足にグッと力を込めて一気に数十メートルの距離を跳《と》ぶ。今の俺なら光速思考や光鎧、光学迷彩なんていらない。

星斬りに手をかけ、居合斬《いあいぎ》りを放ち後ろの二匹の首を斬る。真一文字の太刀筋《たちすじ》により、まだ首は落ちていない。

前の三匹がまだ気づいてないので、一太刀で三匹が仕留められる位置まで移動する。

そして目にも留まらぬ速さで一閃を放ち、星斬りを鞘《さや》に納める。

キンッ

ポトリ

鞘の音がすると同時に、五匹の首が落ちた。

それを一瞥《いちべつ》してから皆の下まで戻り、

「ま、こんな感じだ」

と言うと、

「あの～何も見えなかったんですけど」

「お、俺も」

「気づいたら首が五個落ちてた……」

と言うので、また同じことをできるだけゆっくり行って見せてから、帰路についた。

◆◆◆

カイルの森から帰還した後、他の学生や冒険者と無事合流した。辺りを見る限り、俺達以外もほとんど帰ってきているようだった。

こちらに気づいたアグノラが駆け寄ってきて、

「お前達が最後だ。アルテもお疲れ様だったな」

「ああ」

「初回の野外演習は毎年何組か帰ってこなくて大捜索が始まるのだが、今年は珍しく全部の組が帰ってこれたな！」

「そうだな」

と言いながら解散し、俺とエクスは冒険者ゾーンまで帰る。

「お疲れさん」

「お疲れさまぁ」

「おつ」

「お前等もお疲れ」

と宵月の奴等と声を掛け合う。俺達はさっさと解散したいのだが、代表の教師が長々と話をしており、一向に終わる気配がない。まぁ丸一日という依頼なので、文句を言わずに待機する。

するとエクスがカイルの森の上空を睨《にら》みながら鳴いた。

「ブルルル」

「ん？」

俺は一瞬で光探知を起動し、

「一キロ先に三十個程度の大きな魔力反応があるな」

咄嗟《とっさ》に光速思考も起動して俺以外が止まった世界で考える。

この魔力は知っている。おそらくワイバーンの魔力だ。普通ワイバーンは群れで行動しないので、この時点でおかしい。次に光学レンズの要領で一キロ先の上空を見上げると、ワイバーンの上に武装した魔法師が騎乗しているのが確認できた。ワイバーンの大きい魔力に隠れていて気がつかなかった。

あれは最近話題に上がった、アルメリア連邦の飛竜部隊の可能性が高い。カナン大帝国の飛竜部隊が結成の見込みがあることを知っているのは、皇族と俺、それに帝国軍の上層部だけである。これは予想だが、結成の見込みを見せてしまったことで、連邦は逆に焦ってしまったのかも知れない。うちの強硬派貴族と一緒で、叩けるうちに叩いておこうという理論だ。なぜなら現在カナン大帝国に対空戦力は存在しないから。

また、連邦にその情報を流した裏切者が、確実に紛れ込んでいる。それも帝国軍上層部に。

帝都には巨大な結界が張ってあるので、外にいる俺達の中の誰かを狙っているのは間違いない。たぶん標的はエドワードだろうな。継承権第二位の皇子様が、結界の外にノコノコ出てきたのだ。狙わない道理はない。

なんなら俺も狙われてそうだ。今のうちに帝国の戦力を削《けず》っておきたいだろうしな。

「エクス」

「ブルル」

俺達は今まで抑えていた魔力と覇気を全開にして。

「敵襲！！！！！！」

それを聞いた者達は、一瞬で俺と同じ方向を見上げる。完全にワイバーンが視認できる距離になったら、大騒ぎになって統率が取れないので、急いで指示を出す。

「教師は生徒の盾になる形を取りながら帝都に向かって移動を開始しろ！　冒険者は俺と共に迎撃に当たれ！」

さすがは帝立魔法騎士学園の生徒と教師達だ。慌《あわ》ててはいるものの、なんとか統率が取れている。

あと、これを忘れてはいけない。

「エクス、エドワードを帝都に乗せて行ってくれ。奴等の狙いはエドワードだからな」

「ブルルル」

そのままエクスは学生の群れに突入し、エドワードに角を引っかけて優しく上へ投げ、背中で受け止めた。

「え？　ちょ、ちょっ！」

「エドワード、あいつ等の狙いはお前だから先に逃げろ。エクス頼んだぞ」

「ブルル」

エクスはエドワードがギリギリ振り落とされないスピードで帝都まで駆けていった。

ナイスだ、相棒。

その間に飛竜部隊は残り三百メートルほどの距離にまで迫っていた。しかし何か違和感がある。この魔力の感じ、おそらく覚醒者が紛れ込んでいるな。

警戒していると、上空からたくさんの魔法が放たれた。どれも上級以上である。

すぐに光速思考と光探知を起動し、魔法の座標を特定しロックオン。

「光の矢、百重展開」

光の矢が魔法を相殺《そうさい》した。序盤戦は引き分けである。

敵将らしき男が指を差し、声を荒らげた。

「あの黒馬に乗っている男が第二皇子エドワードだ！　帝都に入られる前に仕留めろ！」

「「「はっ」」」

連邦の魔法師達は再び杖を掲げた。

しかし、うちの冒険者達を舐めてはいけない。彼等も帝国を代表する戦闘のプロフェッショナルなのだから。

「アイツ等の狙いは第二皇子様だ！」

「あちらに魔法を放たれたら、エドワード様だけでなく、生徒達まで巻き込まれてしまう！」

「魔法を絶対に相殺しろ！」

「あの飛竜共を決して通すな！」

飛竜部隊と冒険者達の魔法戦が始まった。

「冒険者ごときが調子に乗りおって……」

「早く奴等の弾幕を突破しないと、作戦が失敗してしまうぞ」

「焦るなお前達。数は断然あちらの方が有利だが、魔法の精度と、高さはこちらに分《ぶ》がある」

初めは両者拮抗《きっこう》していたが、少しずつ飛竜部隊が押してきた。

魔法を空から撃ち下ろすのと、地上から打ち上げるのとでは、全く効率が違う。威力もスピードも、断然前者に軍配が上がるのだ。

冒険者達も精一杯魔法を放っているが、飛竜部隊は機動力を存分に活かし、その全てを避けきる。

「ヤバい、敵の勢いが増してきたぞ……！」

「まだ耐えろ！　生徒達が帝都に入るまでは奴等を止めるんだ！」

「すまん。もう少しだけ踏ん張ってくれ」

その間に俺は「閃光の魔力」を練り、次の魔法の準備を整える。光速思考を起動していてもかなりの負担がかかる。


そしてついに、飛竜部隊が突破してしまった。


「クソッ！」

「このままではマズいぞ！」


「はっはっは！　貴様等如きに我等が止められるとでも思ったのか⁉」

「まだ皇子はあそこにいるぞ！」

「ガキ共の背中も撃ちたい放題だぜ！！！」


飛竜が冒険者達の弾幕を通過した瞬間、ちょうど俺の魔法も完成した。

それは大切なものを守るために必死で完成させた魔法。来る日も来る日も魔臓が悲鳴を上げようとも、体力が尽きて倒れようとも、地べたを這《は》いながら練習した魔法。

後に「天に住まう神々の怒り」として世界中の人々に語り継がれる光魔法。

その魔法の名は。


【天照《アマテラス》】


そう唱えた瞬間、遥か天空から巨大な光柱が降ってきて、飛竜部隊をこの世界から消した。

そして神なる光は、そのままカイルの森を飲み込んだ。

◆◆◆

その光は学生や教師達どころか、帝都内からも見えた。

「なんだよ、あれ……」

「帝都の外で何が起こってるんだ！」

「ひぃぃぃぃぃ」

もちろん、それは帝城からも確認できたので……。

「おい！　一体なんなのだ、あれは！」

「皇帝陛下、落ち着いてください！　結界は無事です！」

「魔法か？　魔法なのか？　もしそうであったなら、物語に出てくるような『終焉級《しゅうえん》』ではないか！」

「ただちに騎士を向かわせ、確認します！！！」


その後、カイルの森跡地にて。

「あちゃー、覚醒者ごと吹っ飛ばしちゃったなぁ」

そこへ、宵月が来た。

「そういうレベルじゃないだろ……」

「あなた本当に人間なの？」

「あれ、私もやりたい」

「後始末は、冒険者ギルドにやってもらおう」

「「ぇぇ」」


面倒くさいことは全部ギルドに押し付けると決めて、帝都に戻ったのだった。ちなみに、ギルドは別に怒るわけでもなく、依頼の達成に必要な行為だったと処理してくれた。おそらく皇子を含めた学園生と教師、それに高ランク冒険者が全滅していた可能性もあったからだろう。

帝都に戻り、エクスや学園の皆と合流する。

「エドワード、無事だったか」

「おかげさまでね」

「エクスもありがとうな」

「ブルルル」

「アルテ、あれあなたがやったの？」

「そうだ」

「あんたやっぱやるわね！」

「アルテ格好よかったぞ！」

「カイルの森はなくなってしまったけどね」

「そうだな」

するとオリビアが、

「でもちょっとやりすぎじゃないかしら」

「確かに！　あんたやりすぎよ！」

「俺はいいと思うけどな！」

「エクスに乗れたから全てよし」

「でもあいつ等は俺の友達に手を出そうとしたんだ。だから仕方ない」

それをコソコソと聞いていた周りの生徒や教師達は、

「「「え、俺(私)達は……?」」」

というわけで俺達はそのまま解散し、家に帰ってから各々が無事を祝った。

その日の夜、ギルドにて。

「本部長。全員可決しました」

「そうか。閃光は森に深刻な被害を出してしまったが、襲撃の場所と状況が悪かったことを考慮《こうりょ》し、今回の問題は不問とする。そしてあの魔法の精度は終焉級と想定できる。これは到底Sランクに収まるような戦力ではない。そのため、本日の依頼を遂行したと同時に、閃光を帝国で二人目のSSランク冒険者に認定する!」

こうしてアルテの知らないところで、ランクアップが決まっていた。

「ハックション」

「アル様どうしました?」

「いや、寒気がしてな」

「風邪をひかないようにしてくださいね」

「ああ」

アルテは長らく人類が到達していなかった魔法の高み【終焉級】の領域に踏み込んだのだ。

次の日、アルテは冒険者ギルドに呼び出され、SSランクに認定されたことを伝えられた。

そこへ帝国軍の上層部が何名かやってきて、昨日の詳細を隅々まで聞かれた。

飛竜部隊に覚醒者がいたことや、おそらく飛竜部隊結成の情報を漏《も》らした裏切者が紛れていることなどを話した。話し終わると彼等は俺よりも早く馬に乗り、軍の本部へと向かった。これから連邦の諜報員を炙《あぶ》り出すのだろう。もしこの中に紛れていたらヤバいなと思ったが、名前を聞いた感じ、全員帝国の貴族家出身だったので大丈夫だろう。

手続きなども全て終わり、さっさとギルドから出てエクスと飯を食いに行こうかと考えていると、

「お主もSSランクに上がったらしいのう」

「……」

「おい！　わらわを無視するでない！」

「ん？　俺に言ってるのか？」

「そうじゃ。わらわはお主と同じSSランク冒険者、【氷華のエリザ】じゃ！」

「そうか。じゃあな」

「ちょっと待てい！　無礼者《ぶれい》！」

もう一人のSSランク冒険者に絡まれたアルテであった。

第20話：SSランク冒険者【氷華のエリザ】

たった今、冒険者ギルド本部にてSSランク冒険者、氷華のエリザに絡まれたのだが、見た目は完全に「のじゃロリ」である。

「ちょっと待てい！　無礼者！」

「ん？　どうした？」

「お主、それまさか素でやっておるのか？」

「ん？　ああ」

「はぁぁぁ」

「どうしたんだ。溜息なんて吐いて」

「お主のせいじゃ！」

「そうか」

「なーにが『そうか』じゃ！　そうやってわらわを馬鹿にして……」

急に現れた「のじゃロリ」に、暫く謎の説教をされた後、

「昨日の魔法を放ったのはお主じゃな？」

「そうだ」

「その若さで大したもんじゃな」

　と言い、ウンウンと頷きながら感心した。

　ちなみに俺が前世の知識を持っていることは誰も知らないし、今後誰にも言うつもりはない。

　万が一その情報が広まり、変な組織に目を付けられたりしたら、面倒だからな。

「お主がド派手にぶっ放してくれたおかげで、アルメリア連邦は暫く手を出して来んじゃろうな」

「だろうな。というか昨日の詳細を知っているのか？」

「そりゃ知っておるわい。ＳＳランク冒険者とは大帝国における、最大戦力のうちの一つじゃからな。戦争が始まった時に『何も知りません』じゃ話にならないであろう？」

「それもそうだな。覚醒者なのか？」

「固有魔法《氷》の覚醒者じゃ」

「俺はまだあまり覚醒者について知らないから教えてくれないか？」

「よいぞ。その代わり後で従魔に触らせてほしいのじゃが」

「エクスに聞いて大丈夫だったらな」

「よし、ではカナン大帝国の覚醒者からじゃ。まず帝国軍の騎士団に《反射》がおって、魔法師団にも《浮遊》と《封印》がおるのじゃ。こ奴等は大事な国の戦力として重宝されておる」

「それは前に親父から聞いたな」

「そうじゃったか。そういえば、お主はカイン坊の息子じゃったな」

「知ってるのか？」

「あ奴が近衛騎士団におった頃に、少しな」

「そうだったのか」

ということは、エリザはだいぶ昔から国の前線に立ち続けているということだ。よく見たら耳も尖ってるし、エルフなのかも知れない。しかし、女性に年齢を聞くのはこちらの世界でも御法度なので、そう考えるだけにしておこう。

「それで、冒険者にはいないのか？」

「ちらほらおるが、どれも戦闘向きではなかったり、戦闘向きではあるものの本人が使いこなせないパターンが多いのう。一番高ランクの奴でも精々Aランクじゃな。確か再生魔法を使う奴じゃ」

「Aランクまでいけるなら十分だろう。再生って、切れた手足でも再生するのか？」

「そうじゃな。本人にしか使えないが、治癒の上位互換らしいぞ」

「あ〜、でも一人でゾンビアタックできても、戦争だとな……」

「そういうことじゃ。それとわらわは長生きしておるから、一応他国の覚醒者のことも少しなら知っておるぞ」

「教えてくれ」

「よいぞ。基本的にわらわ達を含めたSSランク冒険者は全員覚醒者じゃよ」

「だろうな」

「あ奴等が今どこにおるのかは知らんが、《植物》と《重力》じゃ」

ＳＳランク冒険者は元々この大陸には俺を含めて四人しかいないので、これで全部出揃《そろ》ったわけだ。植物はまだしも、重力は少し嫌だな。光というのは強力な重力の前では真っすぐ進めないのだ。まぁ、前世でいうブラックホールくらい強力な重力を魔法で再現できた場合の話だが。

「面倒くさそうな連中だな」

「植物魔法はまだしも、重力魔法はちと面倒じゃの。もし戦争が起きて奴が出張ってきたら、わらわだけだと骨が折れそうじゃと思っていたところで、彗星《すいせい》のごとくお主が現れたのじゃ。これでも感謝しておるのじゃぞ」

「だから初対面の俺にこんな重要なことをペラペラと教えてくれたわけか」

「じゃな」

「他に知っていることはあるか？」

「すまんが、わらわはかなり長くいるとはいえ、冒険者じゃからの。他国の軍部に所属している覚醒者のことまでは知らんのじゃ」

「そうか。でもありがとうな、かなり助かった」

「ほっほっほ。これからも遠慮せずに聞いてよいぞ」

結論、謎の「のじゃロリエルフ」はめちゃくちゃいい奴だった。俺がこれから生きていく上で、他国のSSランク冒険者を含めた覚醒者というのは、かなり厄介《やっかい》な存在だったのだ。冒険者ギルドで名前くらいは聞けるかもしれないが、魔法の詳細や、現在どこで何をしているのかは個人情報にあたるので、教えてもらえないのでな。

これは冒険者ギルドにおいて、絶対厳守のルールである。

本当に貴重な情報がもらえたので、もしこれからエリザが何か頼みごとをしてきた時には、快《こころよ》く協力しようと思う。

そしてもしこの大陸が平和になったら、ぜひ他の大陸にも行ってみたい。他の大陸には、龍人族や魚人族に魔人族など、希少な種族がいるらしいので、実際にこの目で見てみたいのだ。

「というわけで、伝説の深淵馬《スレイプニル》に会いに行くのじゃ！」

二人はギルドから出て、ギルドに併設《へいせつ》されている巨大厩舎《きゅうしゃ》へ向かう。

「エクス、待たせたな」

「ブルルル」

「ほぉぉ！　遠目から見たことはあったが、近くで見ると迫力が違うのう！」

「俺の相棒だからな」

「触ってもいいかの？」

「ブルル」

「ほぉぉぉ！　最高じゃ！　こ奴をわらわにくれ！」

「それは無理だな」

「では今度、この美しい鬣《たてがみ》を分けてはくれんかの？」

「だってよ、エクス」

「ブルルル」

「いいってさ」

「ほぉぉぉぉ！」

と巨大な黒馬にじゃれつくチビロリを眺めながら、このあとの今日の予定を考えるのだった。

トコトコとエクスに乗りながら大通りを進む。

「なぁエクス。あのちっこいの面白かったろ？」

「ブルル」

「そうなんだよ。しかもいい奴なんだ」

「ブルルル」

「そうか。じゃあ今度伝えとく」

どうやらエクスも気にいったらしい。

◆◆◆

カイルの森が消滅した事件から三日後の昼、帝立魔法騎士学園にて。

俺は再び学園長に呼ばれたため、学園長室を訪れていた。

「アルテ君、うちの生徒と教師を守ってくれてありがとうね。少しやりすぎな気もするけど」

「変に様子見して友人に被害が及《およ》んでいたら一生後悔しそうだったから、とりあえず全部消しておいた」

もし友人、知人達が犠牲《ぎせい》になっていれば、俺は暫《しばら》く立ち直れなかっただろう。

天照で飛竜部隊を倒した時、幼少期から努力を続けて本当に良かったと思った。

「というか、敵に関しての情報はもう公《おおやけ》になっているのか?」

「ええ、あの場にはうちの子達以外にも、冒険者がたくさんいたからね。飛竜部隊が攻めてきたことは結構知られているわよ。おそらくアルメリア連邦の差し金ってこともね」

「そうか、じゃあ言わせてもらうが、あの中に覚醒者が紛れ込んでいたんだ。すぐに消失したけどな」

「うふふ、あなたらしいわね」

正直そこまで強力な覚醒者ではなかった。戦っていても気づかないレベルだ。

しかしそれでも、敵部隊の中にいるのといないのでは、警戒度が段違いなのである。

「そうだったのね。じゃあ余計に、被害が及ぶ前に対応してくれて助かったわ」

「礼には及ばん。話が変わるのだが、学園長も覚醒者だよな？　なんの魔法を使うんだ？」

「ナ・イ・ショ」

　と言いながら彼女はウィンクを飛ばしてきた。

「そうか。冒険者として活動している俺達は別だが、そういうのは普通個人情報だからな。仕方がない」

「冒険者はいくつものパーティで大型依頼を受ける時があるものね」

「そうなんだ。その時に大体バレるし、変に隠しておくよりも、あらかじめ公開しておくことで、できることが増えるし、依頼の危険度も下がるからな」

　よく一緒に依頼を受けるパーティや、お世話になっているパーティ限定の話だが。

「やっぱり本物の冒険者は違うわね。さすがＳランクの閃光といったところかしら」

「一昨日ＳＳランクに上がったけどな」

「え⁉　聞いてないわよ？」

「言うの忘れてた」

「はぁぁぁ」

　大きく溜息を吐いたが、すぐに気を取り戻した。

「ここからが本題なんだけど、今回の依頼遂行に対して何かご褒美を上げたいのだけれど」

「じゃあ選択科目の単位もくれ」

「そんなのでいいの？　飛び級とかじゃなくて？」

「ああ。それに期末試験もちゃんと受けるから安心してくれ」

「そ、そう。わかったわ。それとあなたには『帝王祭』に出てほしくないという声が上がっているのだけれど……」

「さすがにその要求は呑めない。直接生徒達と戦って、その実力を見てみたいからな。特に三年生は粒ぞろいだと聞いている」

帝国の頂点である帝立魔法騎士学園の、それまたトップ。覚醒者もチラホラ紛れているらしい。

ここでの経験は後々、必ず重要になってくるだろう。

あと生徒達を甘やかしすぎるのは良くない。肝心な時に力を発揮《はっき》できなくなる。

来年以降の出場は見送るかも知れないが、今年くらいは参加させてもらいたい。

「と言われてもねぇ……あの魔法を見せられた生徒達は戦いの前に心が折れちゃうわよ？」

「じゃあ魔法は使わん。もちろんエクスにも頼らない。この星斬り一本で戦わせてもらう」

「え、正気なの？　あなた魔法使いでしょう？」

「ああ。これならどうだ？」

「まぁいいけど……」

学園長は再び溜息を吐いた。

「はぁ。ＳＳランク冒険者って皆変わってるのかしら」

「他に知ってるのか？」

「氷華のエリザは私のお師匠様よ」

「そうか、学園長はエリザの弟子だったのか。あいつ、いい奴だよな」

「弟子として活動していた時は、エリちゃんって呼んだらその度《たび》に怒ってたわね。『わらわをエリちゃんと呼ぶでないわ！』とかいって」

「あいつチビだもんな」

「師匠は昔から小さくてかわいいのよねぇ。うふふふ」

あの「のじゃロリエルフ」こと「氷華のエリザ」はいろいろな人に慕《した》われていることがわかった。ＳＳランク冒険者は戦争の際に共闘しなくてはならないので、いい奴で本当によかった。

まぁ、たぶん俺はアインズベルクとして陸で戦い、アイツは戦艦に乗ってランパード公爵家とともに戦うと思うのだが。

エリザが戦艦に乗りながら大量の海水を氷に変質させて、その氷塊《ひょうかい》を敵艦にぶっ放している姿が簡単に想像できる。

「つくづく、俺は周りに恵まれているな。あ、おっちゃん、今焼いてる肉串全部ちょうだい」

「おっ！　あんちゃん太っ腹だな！　じゃあ銀貨三枚のところを銀貨二枚と鉄貨五枚にまけてやるぜ！」

「ありがとな」

学園までは侯爵家の馬車に乗って行き、「帰りは歩くから」と言って馬車を帰らせたので、現在大通りを一人寂しく歩いている最中だ。

「エクスやケイル達へのお土産も買えたし、真っすぐ帰るか」

第20・5話：氷華の所以

　ある日、趣味の喫茶店巡りのため、帝都の商店街をブラついていると、いい感じのカフェを発見し迷いなく入店した。実はアデルハイドの喫茶店は初めてだ。まずは一番人気の珈琲とサンドイッチのセットを注文した。魔法書を開き、気分を高揚《こうよう》させながら待機していると、早速運ばれてきた。

「焙煎珈琲《ばいせんコーヒー》と旬《しゅん》食材の特製サンドイッチでございます」

「ありがとう」

　まずは優雅《ゆうが》に珈琲を嗜《たしな》む。まずは香りから楽しみ、ゆっくりと口をつける。美味い。

　次はサンドイッチに豪快にかぶりつくと、舌の上にチーズの風味が広がった。この世界にもチーズは実在するのだが、ここまでハイレベルなチーズにはなかなか出会えない。旬野菜のシャキシャキした食感が小気味よい。フワフワなパンの内側には香草とスパイスでつくられたソースがたっぷりと塗《ぬ》ってあり、いい意味で癖《くせ》の強い食材達を上手く一体化させている。

　リピート確定である。

「ふぅ……」

　食後は本を片手にゆったりすると相場が決まっているので、再び魔法書を開いた。

少し経《た》つとまた小腹が空いてきたので、もう一品いくかどうか悩んでいると、隣のテーブル席に見覚えのある奴が座った。

「焙煎珈琲と旬野菜の特製サンドイッチを頼む！」

「承知致しました。少々お待ちください」

「うむ！」

そいつはちょうど向かい合わせの席に着いたので、注文して早々目が合った。

「あ……」

「よっ、エリザ」

俺は片手を挙げ、ＳＳランク冒険者の氷華のエリザに挨拶をした。

「せ、閃光⁉　どうしてお主がここにおるのじゃ！」

「どうしてって言われても、俺だって喫茶店でのんびり食事くらいするぞ。エリザも同じだろう？」

「言われてみれば確かにそうじゃな……」

エリザの興奮が冷めてきたところで提案する。

「この後暇か？　ちょっと付き合ってもらいたいのだが」

「ま、まさかわらわを口説いておるのか⁉」

と言い、頬を紅潮《こうちょう》させつつ驚愕《きょうがく》した。忙しい奴である。

「んなわけあるか。噂の氷魔法を直接見せてもらいたいだけだ」

「な、なんじゃ……。そっちか」

まさかこののじゃロリ、異性への耐性がないのか？　まぁいいか。なんか要《い》らぬ誤解をさせてしまい、申し訳ない。

「ちょうど今日の午後は予定が入っておらんからな。よいぞ、とくと披露《ひろう》してやろう。その代わり、お主の光魔法も少し見せてはくれんかの？」

「もちろんだ。では食べ終わったら声を掛けてくれ。それまで魔法書を読んでいる」

「了解じゃ」

「はぐはぐっ、美味いっ、美味いぞっ」

随分美味そうに食うもんだ。でももっと落ち着いて食べないと、のどに詰まらせそうで怖い。

だがそれを伝えても『わらわを子供扱いするでないわ！』とか言ってきそうだから、黙っておこう。ああ見えても彼女は覚醒者としても冒険者としても大先輩だからな。親父も世話になった時期があるらしいし。

そして数分後、エリザが食べ終わったので会計をし、都市の外へ出た。

「今更なのじゃが、今日はエクスはおらんのか？」

「ああ。一応今朝誘ったのだが断られてしまった。本人曰く、今日はお昼寝の日らしくてな」

「呑気《のんき》な奴じゃな……誰かさんそっくりじゃ……」

「ん、何か言ったか？」

「なんでもないのじゃ」

エクスにだって、のんびり過ごしたい日くらいはあるのだ。人間と一緒である。

雑談をしながら、帝都から少し離れた場所にある、知る人ぞ知る小さな草原へ向かう。

その草原は名が付けられていないほど小さく、魔物もあまり生息していないので、冒険者達も近寄らない。魔法を試すのには打ってつけの場所である。

「帝国軍かギルドの訓練場を借りた方が良かったのではないか？　おそらくわらわとお主であれば、ほぼ顔パスで使わせてもらえるぞ？」

「俺も最初はそう考えたのだが、生憎俺は、今いい意味でも悪い意味でも目立っている人間だからな。エリザに魔法を見せてもらえる機会なんてそうそうないのに、知らん奴に絡まれたりしたら敵《かな》わん」

「なるほどなのじゃ」

森の中を少し進むと、開けた場所に出た。ここが目的地である。

「やはり魔法の練習といったらここだよな」

「同感じゃ。わらわも若い頃はかなり世話になったからのう」

エリザの若い頃か。学園長の師匠ってことは少なくとも……。

「お主、今何か失礼なことを考えているじゃろ」

「いや、何も」

エリザがジト目で睨んでくるので、早速魔法を披露してもらうことにした。


彼女はマジックバッグから愛杖《あいじょう》を取り出した。

それを握った瞬間、彼女の雰囲気がガラリと変わった。先ほどまでとは全くの別人。圧倒的な魔力の奔流《ほんりゅう》を感じる。魔法を発動していないのにもかかわらず、周囲の気温が徐々に下がっていく。研《と》ぎ澄《す》まされた高密度の氷の魔力が蜃気楼《しんきろう》をつくりだす。

エリザが白い息を吐きながら、そっと呟いた。


「永久凍土《パーマフロスト》」

パキパキパキ。

彼女の足元から冷気が放たれ、瞬く間に草原が凍り付いた。すさまじい威力である。こんな魔法が戦争中に放たれれば、兵士達の足が凍り、即座に戦闘不能となるだろう。

これが帝国の守護者、氷華のエリザか……！

「見事だ。ちなみに川や海も凍らせたりできるのか？」

「余裕じゃぞ」

「これはまた……」

「せっかくならもう一つくらい見せてやろう」

エリザはニヤリと笑い、再び魔力を高め、杖を頭上に掲げた。

「凍星《ウラノス》」

空に巨大な氷塊を生み出し、草原の中心に放った。

ドォォン！

少しの間霧がかかった。それが晴れると、凍星《ウラノス》が落下した場所にクレーターが形成されていた。

エリザはこちらへ向き、微笑んだ。

「ま、こんな感じじゃな」

「なんというか、すごすぎて言葉が出ん」

「お主だってこれくらい簡単にやってのけるじゃろ」

「魔法の系統が違うから比べるもんじゃない。敵軍からしたら、間違いなく俺よりもエリザの方が厄介だろうな。正直、光よりも氷の方が、汎用性《はんようせい》が高い」

「そこまで褒められると、ちょっと照れ臭くなるのう」


俺はずっと気になっていたことを問う。

「永久凍土《パーマクロスト》も凍星《ウラノス》も絶級レベル。ということは、エリザの二つ名の由来にもなった、【氷華】と呼ばれる魔法は禁忌《きんき》級ってことか？」

「当たりじゃ。かなりの広範囲魔法じゃから、いかんせんここでは見せてやれんがな」

「いや、話を聞かせてもらえただけで十分だ」

「そうか」


「じゃあ、そろそろお主の魔法も見せてもらおうかのう」

「わかった」

俺も光の矢を始めとした攻撃魔法から、光学迷彩のような便利魔法までを発動して見せた。

「ほぉ～！　以前風の噂で光魔法は攻撃力に特化していると聞いたことがあったが、だいぶ応用が利くようじゃな」

エリザは一息置き、続けた。

「この固有魔法に覚醒した時、きっと他者から笑われたじゃろ？　知識の浅い者が光と聞いたところで、そこから連想できるのは、精々日光のように明るく照らす魔法くらいが関の山じゃからな」

「だがお主は、そんな常人では到底扱いきれぬものを努力と研鑽《けんさん》、そして天賦《てんぷ》の才により最強の魔法に育て上げた。まったく……もし神がいれば、今雲の上で苦笑いしておるじゃろうな」

「まぁな」

「そこまで褒めてくれるとむず痒いな」

その後、俺達は来た道を遡《さかのぼ》った。ちなみに派手に凍結した草原はエリザが元に戻した。

まぁクレーターはそのままだが……。

帰路にて。

「少々不躾《ぶしつけ》な質問かもしれんが、十五歳でここまで上り詰めた一番の要因は一体なんなんじゃ？」

「ふむ。それはあれだ……周りに恵まれていたことだな」

「お主らしい回答じゃのう。カインの小僧も良い息子を持ったもんじゃ」

第21話：連邦潜入作戦

旧カイルの森の数十キロ先に位置する、小都市の冒険者ギルド支部にて。

「それは本当か？」

「はい。あくまで行商人の方から聞いた話なので、参考になるのかはわかりませんが……」

「いや、十分だ。恩に着る」

俺はギルドを出てエクスに跨った。

「いくぞ、エクス」

「ブルル」

先日、野外演習の時にアルメリア連邦の飛竜部隊が襲撃《しゅうげき》してきた。念のため俺は、帝都の冒険者ギルド本部に「帝国中のギルドの目撃情報を確認してほしい」と頼んだのだが、一つもなかったらしい。

帝都はカナン大帝国のド真ん中よりやや西にズレた場所にあるので、飛竜部隊で襲撃する前にいくつもの都市や、その近辺を通過しなくてはならない。普通ワイバーンの群れが飛んでいたら遠くからも見えるので、目撃情報の一つや二つくらいあるのかと思いきや、これがなかったのである。

さすがにおかしいと考え、飛竜部隊が飛んできた方角にある小都市のギルドで、今情報収集をしていたところなのだが、受付嬢から興味深い情報を手に入れることができた。

受付嬢がとある行商人から聞いた話によると、ここから少し離れた場所にある山の近くで、怪しい冒険者を数人目撃したとのこと。服装や武器は普通だったが、常にキョロキョロと辺りを窺《うかが》いながら移動していたらしい。

また受付嬢曰《いわ》く、その山へ行くような依頼は最近一つも出していないので、おそらくこの都市の冒険者ではないだろう。しかし、単に旅をしている冒険者パーティの可能性もあるので、まだ不審者と決めつけるのには時期尚早《しょうそう》である。

ということで、とりあえず調査しに行くことにした。

エクスに跨り移動すること約一時間。ようやく件《くだん》の山が見えてきた。

「想像よりも大きいな。魔法を使ってサクっと調べよう」

「ブルル」

山に着くやいなや、俺はすぐに光探知を起動した。数百の魔力反応がある。

魔力から推測するに、そのほとんどが低ランク魔物だが……四つほど人間の魔力が紛れ込んでいるな。薄っすらとしか反応していないので、洞窟《どうくつ》の中に潜んでいるのだと思う。あやうく見逃してしまうところだった。

魔力の方へ向かうと、やはり洞窟があった。一度エクスから降り、気配を殺し忍び足で近付く。

するると何やら声が聞こえた。

「ったく、俺達はいつまでここで待機してればいいんだ？」

「第二部隊が集団転移してくるまでの辛抱《しんぼう》だ」

「その通り。それまでは引き続き警備を続けるしかない。命令を忘れたのか？」

「気を引き締めろ。ここは帝国なのだ。いつ何が起こってもおかしくはない」

「へいへい」

兵士達の足元には大きな魔法陣がある。アレを守っているのだろう。

俺とエクスはアイコンタクトをした。

まずは四人の両足に狙いを定め、光の矢を八本放つ。

激痛と共に足の力が抜けたようで、地面に倒れ込んだ。

「「「「!?」」」」

「今だ、エクス。畳《たた》み掛けろ」

「ブルルル」

悲鳴を上げる暇さえ与えず、俺とエクスは四人を押さえこんだ。マジックバッグから縄を取り出し、グルグル巻きにする。万が一口内に自害用の毒を忍ばせていた場合は、解毒剤を口に流し込み、無理矢理中和させようと考えていたが、それは要《い》らぬ心配だったようだ。

「あとでゆっくり話を聞かせてもらうからな。連邦の兵士諸君」

四人は涙目で首を振った。ちなみに、ギャーギャー騒がれても困るので、口も塞《ふさ》いでいる。

あと貴重な情報源なので、きちんと止血してやった。


こいつらは先ほど『第二部隊が～』とか『転移が～』とか言っていた。連邦には転移の覚醒者がいるのか。それは初耳だ。じゃあ、この前の飛竜部隊は連邦からここに転移して、帝都に襲撃を仕掛けたのだろう。そりゃ目撃情報が挙がらないわけだ。

「なぁ。前回が第一部隊で、近々また第二部隊が送られてくる手筈になっていたのか？」

兵士達は俯《うつむ》いた。図星のようだ。


いつ第二部隊が転移してくるのかわからないので、資料として魔法陣を紙に写し、本物はすぐに消した。もう心配はない。これが最善だろう。

それにしても転移か……。面白い固有魔法を使う覚醒者がいたもんだ。

連邦に対しての警戒度をグッと高めなければいけないな。

「ギルドと帝国軍にすぐ報告しに行こう」

「ブルル」

「お前達にも楽しい楽しい尋問《じんもん》が待ってるからな」

四人の兵士を引きずりながら、帝都に帰った。

◆◆◆

その日の夜、俺は帝都冒険者ギルド本部長のオーウェンに、今日の出来事を報告していた。

「なるほど、もしかしたらその魔法陣を再利用されるかも知れなかったわけか」

「ああ」

「すまんな。カイルの森跡地の処理に追われて、そこまで頭が回っていなかった」

「考えてみればシンプルなことだが、だからこそ気づけない時もある」

「気遣い痛み入る」

「てなわけで、件の魔法陣の写しを一枚渡しておく」

「いいのか？　それは普通帝国軍にしか渡してはいけないものだろうに」

「俺は帝国軍の上層部より、オーウェンを信用しているからな」

「それは嬉しいが、なんでだ？」

「気に障ったら悪いが、オーウェンたちは亜人だからだ」

「あぁ、そういうことか」

「ああ」

実は帝都冒険者ギルド本部の上層部の多くは、亜人が占めているのだ。これは人間より亜人の方が長寿な傾向にあることが関係している。

そしてアルメリア連邦は「大の亜人嫌い」である。今回の戦争も、遥か昔にアルメリア連邦で迫害《はくがい》されていた亜人族を、我がカナン大帝国が受け入れたことを逆恨みしているのが原因だ。

「そういえば帝国軍の上層部に紛れ込んでいたネズミ共は、尋問で情報を吐き出した後、全員処刑されたらしいぞ」

「だろうな。でも上層部だけに紛れているわけじゃない」

「確かにな。帝国軍は二十万人いるし、全部炙り出せるわけじゃない」

「でも連邦軍にもうちの奴等がたくさん紛れ込んでるからな。おあいこだ」

「そうだな！　はっはっは！」

ちなみに今回捕縛した連邦兵達は、すでに帝国軍に引き渡した。今頃情報という情報を搾《しぼ》り取られている頃だろう。

「それと今回のご褒美で学園長に全ての単位がもらえたから、暫《しばら》く地元に帰ろうと思っている」

「そうか。寂《さび》しくなるな」

「ということで、偽装用の冒険者タグをくれ」

「え？　なんでだ？」

「アルメリア連邦に潜入して少し探ってくる。ついでに覚醒者を何人か始末してくる」

「なんか……お前って結構無茶苦茶なんだな」

「先に手を出してきたのは連邦だからな。後悔させてやる」

「よし、すぐに手配しよう」

「頼んだぞ」

　アルメリア連邦にある冒険者ギルド本部とこの本部は非常に仲が悪い。あちらの上層部は亜人嫌いの人間が多いからだ。さすがに敵国側の冒険者の情報を流すようなタブーは行わないが、冒険者タグの偽装はしてくれるらしい。よくわからん奴である。どんな基準なんだか。

「冒険者タグの偽装はしてくれるんだな」

「閃光の頼みだからだ。それに……」

「それに？」

「国の戦争ってのは、ある意味互いのギルドの威信を賭《か》けた戦いでもあるんだよ」

「冒険者は自由参加だが、戦争になったら基本全員参加するもんな」

「ああ。自分の国が攻められるってことは、自分の大切なものを傷つけられるってことだからな」

「やっぱりいいな。冒険者ってのは」

「だろ？」

「おう」

世間での冒険者は、酒場にいる酔っ払いのイメージしかないが、割とリスペクトされている。それは普段チャランポランだが、戦争や高ランクモンスターの襲撃、ダンジョンの氾濫《はんらん》などが起きた際は、誰よりも先陣を切って戦ってくれるからである。要するに冒険者とは、見た目とは裏腹に情に厚い奴等が多い職業なのだ。

◆◆◆

帝立魔法騎士学園SS－1クラスの教室にて。


「おい、エドワード。こっちにこい。少し話がある」

「え？　今授業中だよ？」

「そういうレベルの話じゃない」

「ああ、なるほどね」

俺とエドワードで担当教師の顔を見ると、あちらも察してくれたようで、何もなかったかのように授業を再開してくれた。ナイスである。

オーウェンと同様、エドワードにも例の出来事について詳しく説明した。

「アルテがいなかったら、近いうちに再襲撃があったかも知れないんだね」

「ああ。それと俺は今回の件で全ての単位がもらえたから、暫く帰省しようと考えている」

「そうなんだ。でもどうせ何か企《たくら》んでるんでしょ？」

「なかなか鋭いな。その通りだ。アルメリア連邦に潜入して探ってくる。ついでに覚醒者も何人か始末してくる」

「ついでにって……というかうちの諜報員もたくさん紛れ込んでるから、心配いらないよ？」

「でも、今回の襲撃が起きただろう？」

「むぅ。痛いところを突かないでよ」

「それに俺は隠密も得意なんだ。トラップも仕掛けられるし、夜目《よめ》も利く」

と言いながら俺は一瞬だけ光学迷彩を起動して魔力も遮断《しゃだん》し、完全に気配を消す。

「なんかSSランク冒険者ってすごいんだね」

「まぁ、全てを使いこなせる奴は少ないがな。これを渡しておくから、陛下と軍の上層部にも届けてくれ」

「例の写しだね。あとこれを僕に言ったってことは父上にも伝えていいんだよね？」

「ああ。ギルド本部にも伝えてあるし、あちらに潜入中の諜報員と変に衝突《しょうとつ》したくないから、あらかじめ軍にも話を通しておいてくれ」

「わかったよ。リリー達には帰省するとだけ伝えておくね」

「俺があいつ等に何も言わずに帰省するってだけで、何か気づきそうだがな」

「あはは。そうだね。それにしてもSSランクの諜報員なんて使えるのは、うちの国くらいだよ。ちょっと誇らしいかも」

「そうかもな。では」

「じゃあね。無事を祈ってるよ」

「ああ」

こういう時、エドワードと仲が良くて、心底よかったと思う。やはり持つべきは友達だな。

まだ五人しかいないけど。いや、兄とその婚約者を含めれば七人か。

ちなみにエドワードはいつも陰に潜む特殊部隊に守られている。俺にはバレバレなので、たまにそちらの方を向くと目が合ってしまうことがあり、互いに少し気まずい。

◆◆◆

ということがあり、俺は今エクスに乗ってバルクッドに向かっている。

ちなみに今回、ケイルは帝都に残っている。

「なぁ、エクス」

「ブルル」

「今回の潜入作戦でエクスは目立ちすぎるから、実家で留守番してもらいたいのだが……いいか？」

「ブルル」

「そうか、すまんな」

「ブルルル」

「急に話が変わるんだが、鬣《たてがみ》が結構伸びているな」

「ブルル……」

　母ちゃんとレイに収穫されるのは確定である。この前、第二皇子派閥の関係で親父とやり取りしていた書簡の最後に「最近アリアが、エクスの鬣収穫専用のハサミを新調していた」と書いてあった。エクスは己の鬣を割と気に入っているので、ハサミで切られる度《たび》にションボリしている。でも何も言わないエクスは本当に優しい相棒である。食いしん坊だが。

「そろそろだな」

「ブルル」

◆◆◆

　バルクッドに到着し、侯爵邸に入ると、

「お兄様！　お帰りなさい！！！」

と妹のレイがダッシュで抱き着いてきた。今日も俺の天使は可愛い。

「ただいま」

　その後ろから遅れて、

「アル、お帰りなさい。あの人は今、軍の施設にいるからいないけど……」

「ああ。母ちゃんもただいま」

「うふふ、逞《たくま》しくなったわねぇ。見ないうちにランクも上がったらしいし」

「お兄様！　すごい！」

「おう。ありがとな」


その夜、夕食にて。

「アルがSSランク冒険者になったことに乾杯！」

「「「乾杯！！！」」」

やはり家族との食事は最高だなと思いつつ、

「暫くアルメリア連邦に潜入してくる」

と言うと、元軍人の母と現総帥の親父の目がキッと鋭くなった。

「一人で、か？」

「ああ」

「アルが本気で潜入するなら、他の人は足手まといになるものねぇ」

「お兄様、またどこか行っちゃうの？」

「すぐ帰ってくるから、エクスと待っていてくれ」

「エクスがいるなら我慢して待ってる！」

「いい子だ。ありがとな」

　そしてレイが風呂のため退席したところで、

「で？　何をしに行くんだ？」

「親父、帝都の襲撃事件は知ってるよな？」

「もちろんだ。アルの魔法はここからも見えたしな」

「その件で、アルメリア連邦に転移持ちの覚醒者がいることが判明した」

「転移って、あの転移よね？」

「そうだな。忘れていたが、後で転移の魔法陣の写しを渡しておく」

「それは助かるが、転移ってマジか……」

「今回は飛竜部隊の殲滅《せんめつ》と転移の覚醒者の抹殺《まっさつ》、それとできれば他の覚醒者も何人か始末することが目標だ。ちなみにギルド本部と帝国軍には、潜入と覚醒者を始末することだけを伝えた」

「そうか。まぁアルなら大丈夫だろ。うちの軍の諜報部にも話を通しておこう」

「アルなら大丈夫だけど、油断だけはしちゃだめよ」

「ああ。それともう一度言うが、エクスは留守番させるから、世話を頼んだ」

　母ちゃんは妖艶《ようえん》にペロリと唇を舐め。

「そろそろ収穫の時期だしねぇ。うふふふ」

　その頃エクスも夕食を終え、久しぶりに実家の庭を満喫していたのだが……。

「ブルル……？」

　なにか悪寒を感じていた。

第22話：レイの思い人

私の名前はレイ・フォン・アインズベルク。アインズベルク侯爵家の長女よ。

現在私は十四歳で、一年後に控える帝立魔法騎士学園の入学試験のために、日々魔法の鍛錬《たんれん》と勉学に励《はげ》んでいるわ。

十歳の時の選定の儀で全属性の適性があるとわかった時から、お父様が他貴族に自慢しまくるもんだから、正直プレッシャーがすごいの。でも、元帝国軍魔法師団で師団長を務《つと》めていたお母さんから毎日教えてもらえるし、白龍魔法師団の訓練にも混ぜてもらえるから、日々上達しているわ。あと、この前海に行った時に同じ全属性使いのリリーさんにいろんな悩みを聞いてもらって、かなり心が軽くなったよ。

ここで二人の兄について説明させてもらうね。まずは長男のロイドお兄様から。ロイド兄様は魔法と剣術が得意じゃないみたいなのだけど、器《うつわ》が尋常《じんじょう》じゃないほど大きくて優しいの。だから、昔からロイド兄様の周りには、自然と人が集まるのよね。ロイド兄様は家族にはより一層優しいから、私も大好き。

それに学者も舌を巻くほど頭脳明晰《ずのうめいせき》だから、三年間ずっと学園のSS－1クラスにいて、今年は生徒会長を務めているって聞いたわ。ロイド兄様がアインズベルク侯爵家を継ぐなら安泰ね。ランパード公爵家の三女であるソフィア様とも婚約しているから、万が一戦争が起こった際の、両軍の連携もバッチリ。

次はアルお兄様ね。アル兄様は固有魔法光の覚醒者として名を馳《は》せているわ。これは有名な話なのだけど、固有魔法には魔法書が存在しないから、自分で研究して魔法を生み出すしかない。でもアル兄様はすでにいくつもの魔法を開発していて、尚且《なおか》つそれらを自由自在に操っているのだから、本当にすごいわよね。

魔法というのは、それを理解し概念《がいねん》を把握できていないと魔力効率は落ちるし、そもそも発動できないパターンが多いのよ。例えば「火を起こすのには空気が必要」ということを理解できている状態じゃないと、火属性魔法は使い物にならない、とかね。これはもちろん、光に関しても同様だから、この世界で光魔法を使いこなせる人なんて絶対アル兄様しかいないわ。

剣術に関しては既存の型にハマらない、自由の剣で戦うらしいの。兄様曰《いわ》く、戦闘の際は「柔」の剣と「攻」の剣を臨機応変に使いこなすのだとか。

あとこの前アル兄様に星斬りを見せてもらったんだけど、あまりの迫力に、とてもびっくりしちゃった。なぜかは知らないけど、魔力が噴出していたの。

あれって「昔話に出てくる魔剣では？」と思ったのだけど、見なかったことにしたのは秘密。

それと三年前、お兄様がSランクの魔物を討伐した時に、可愛い仔馬さんを拾ってきたの。

話を聞くとBランクのバイコーンだったらしいのだけど、もう家族になったんだからそんなの関係ないわ。いつの間にかSランクのスレイプニルに進化していたけど、まぁ可愛いから特に変わらないわね。エクスは鬣も収穫させてくれるし。

ちょうど昨日アル兄様が学園から帰ってきたの。嬉しくて思わず私は飛びこんで抱き着いてしまったけど、お兄様は優しく受け止めてくれた。その後、夕食でSSランク冒険者に上がった原因である、帝都での襲撃事件の話を聞いたけど、やっぱりここから見えたあの魔法はアル兄様のものだったみたい。

その時に学園の話も少し聞いたの。アル兄様は昔から一人で、全然笑わないからあまり友達ができないんじゃないかと心配していたけど、懸念《けねん》の通りになってしまったわ。特待生で授業に出てないからだと言い訳してたけど、ロイド兄様の婚約者を抜いたら、新しい友達は実質二人しかできてないらしいの。なんか可哀《かわい》そうになってきたわ。

でもそれでいいのよ。アル兄様が家族だけに見せるあの優しさを他の女に知られてしまったら、薄汚い女狐《めぎつね》達が速攻で群《むら》がってしまうから。

本題はここからね。このことを知っているのはおそらく両親とケイル、それと古参の使用人と私だけでしょうね。

結論から言わせてもらうと、アル兄様は私たちと血が繋がっていない。

ずっとおかしいと思ってたのよ。お父様は十八歳の時にアルメリア連邦との戦争で「鬼神」

の異名が付くほど活躍したのだけど、現在両親が三十三歳で、アル兄様が十五歳ってことは、戦争中に生まれたってことになるでしょ？

お父様はロイド兄様が生まれてから、三年ほど戦争に参加してたみたいだし、両親は戦争中に子供を作るなんてこと絶対にしないわ。そんなに甘くはないもの。

私が九歳の頃の夜、お花を摘みに行った時にたまたま両親がその話をしているのを聞いてしまったの。

詳しくは聞けなかったけど戦争中、当時軍人だったケイルがどこからかアル兄様を拾ってきて、そのままうちで預かることになったらしいわ。アル兄様はうちの両親と同じ黒髪だったたっていうのもあるでしょうけど。

そして養子ということを隠して育てたら、偶然覚醒者で身体能力が高く、イケメンで優しい子供に育ったわけね。

これを知った時ほど、両親と運命に感謝したことはないわ。

実は私、小さい頃からずっとアル兄様が好きだったの。家族としてじゃなくて異性としてね。ロイド兄様と違ってアル兄様はお茶会も開かずにずっと独りぼっちだったの。だからなのかしらね、妹の私に注《そそ》ぐ愛が半端じゃなかったのよ。

アル兄様は小さい頃からなぜか大人っぽいし、私の我儘をなんでも聞いてくれるし、何でもできるし。

それに何といっても、たまに見せるあの笑顔がヤバい。ロイド兄様はいつもニコニコしていて、もちろんそれも大好きなのだけど、いつも冷徹な表情を崩さず全く笑わないアル兄様の、超激レアな笑顔はマジでヤバいわ。

でもアル兄様なら、時系列的に自分が、その時アインズベルク侯爵家に生まれたのがおかしいってことくらいわかっているはず。それでもアインズベルク侯爵家の次男として大陸中に名を轟《とどろ》かせた兄様はとても立派で尊敬できるわ。

たぶん自分が養子なのを知っているけど、私達家族のことを考えて、わざと知らないフリをしてくれているの。

だからもし夕食の時にお父様が、

「実はアルは養子なんだ、今まで黙っていてすまなかった」

と打ち明けても、アル兄様はきっと、

「そうか」

とだけ言って次の日以降も何もなかったように過ごすでしょうね。

私はそんなアル兄様を心から愛しているわ。

これまでも、これからも、ずっと。

◆◆◆

バルクッドに到着した次の日の朝、俺はエクスにブラッシングしていた。

「アル兄様！　おはよう！」

「おはよう、レイ」

「今日は何をする予定なの？」

「数日後にはアルメリア連邦に向けて立つから、あちらで過ごすための備品を整えるために商店に行った後、ドワーフのおっちゃんに星斬りのメンテナンスをしてもらう予定だな」

「じゃあ明日、もし暇な時間があったら魔法を教えて！」

「いいぞ」

「やったー！」

といってレイは俺にギュッと抱き着いた後に、屋敷の方に走って行った。

「なんだ……天使か」

本当は明日も忙しいのだが、レイのためなら仕方がないな。

あと何度も言うが、俺はシスコンではない。

その後、俺は軍の関係者にしか辿り着けない場所にある、アインズベルク侯爵軍諜報部の基地へ行った。

「アルテ様ではございませんか。本日はどのようなご用件で？」

「親父からある程度俺のことを聞いていると思うが、アルメリアの情報を全部教えてほしい。特に覚醒者と軍事基地の場所を」

「承知いたしました。おい、お前等！　資料を全部持ってこい！」

「すまんな、急に」

「いえいえ、アルテ様のためでしたらこのぐらいお安い御用ですよ」

「感謝する。それでアルメリア連邦の内情は今どんな感じなんだ？」

「襲撃のために送り出した飛竜部隊と覚醒者が、アルテ様に消失させられましたからね。それで結構な打撃を受けたようで、暫くは身動きが取れないみたいです」

「そうか。それで個人的に気になることがあるのだが、アルメリア連邦は全員が亜人嫌いなのか？」

「いえ、決してそんなことはないと思いますよ。ですが強硬派は亜人嫌いの集まりなので、それが主流となってしまった今、亜人を擁護《ようご》するようなことは言えない雰囲気になっているようです。また大体の組織の上層部は、亜人嫌いで占められています。なぜかはわかりませんが」

「なるほど。でもやることは変わらんがな」

「そうですな。変に容赦《ようしゃ》をすれば、余計ないざこざが生まれますし」

「失礼します！　連邦の資料を全て持ってきました‼」

と部下が入室してきたので、商店に行く前に少しだけ情報収集をすることにした。

◆◆◆

商店とドワーフのおっちゃんのところに行った後、時間が余ったので侯爵軍白龍魔法師団の訓練場に来ていた。

「これはこれは、アルテ様ではないですか」

「久しぶりだな。フローレンス」

「お久しぶりですね。見ないうちにSSランクまで上がったと聞きましたよ。ここから確認できたあの魔法はやはりアルテ様が？」

「そうだ」

「また今度、お話を聞かせてくださいね。それで、本日はどのようなご用件でいらしたのでしょうか？」

「転移の魔法陣の解析《かいせき》がどのくらい進んだのか、気になってな」

「ああー、その件ですか。太古の文字が使用されているダンジョンの魔法陣とは違い、現代文字が使われていますので、少しはマシですが……」

「進んでいないんだな」

「申し訳ないことに……」

「俺も魔法陣を解析することの難しさは、重々理解しているからな。しょうがないと思うぞ。もしかしたら解析できるかもと思って、お土産がてら持って帰ってきただけだしな。気にするな」

「すいません。進捗があったらご報告させていただきますね」

「ああ。それと最近は、レイの面倒を見てくれているらしいな」

「レイ様は天才ですよ！　いずれは、私を超える魔法師になると断言できます！」

『煉獄《れんごく》の魔女』と呼ばれるフローレンスにそう言われるとは、兄として誇らしいな」

「かの閃光様にそう言っていただけると、とても嬉しいです」

「恥ずかしいからやめてくれ」

「うふふふ」

やはり転移の魔法陣の解析は進んでいないようだな。まぁこれだけ難しいことだからこそ、各国が軍事利用まで辿り着けないのだが。

第23話：剣の頂

「じゃあ行ってくる」

「アルなら心配ないと思うが、何かあったらすぐに帰って来るんだぞ」

「気を付けてねぇ」

「すぐに帰ってきてね！」

「ブルル」

「油断だけはなさってはいけませんよ、アル様」

「おう」

　今朝、俺はバルクッドを出発し、現在馬車に揺られている。この馬車はアインズベルク侯爵家の息のかかった商会の馬車だ。共に乗車している御者と商人達は、実は侯爵軍の騎士と魔法師だったりする。見事に変装しているのでバレないだろう。

　そして俺はその商会お抱《かか》えの冒険者のフリをしている。帝国側の冒険者は連邦を毛嫌いしており、逆もまた然《しか》りなので、大渓谷《けいこく》の護衛の依頼を出しても誰も受けないらしい。

　そのため大渓谷を経由して取引する商会は、基本的に専属の護衛又は冒険者を雇っているのだ。最初俺は怪しまれないように護衛の依頼を受けようと思ったが、そうすると冒険者タグを偽装している理由をバルクッドのギルド長メリルに説明しなければいけなかった。

しかし、商会の専属護衛に扮《ふん》し同行できるということで、俺は連邦の都市にもすんなりと入れるのである。

逆に考えれば、バルクッドにも連邦側のスパイが入り放題である。でもこれはしょうがない。

というわけで現在、大渓谷の道半ばで馬車に揺られているわけだ。

まず俺が気を付けなければいけないことは、閃光だとバレないことだ。俺は一応有名になったので、間違っても宿屋で問題や騒ぎを起こしたりしてはいけない。

もしバレれば、間違いなく連邦の覚醒者が派遣され、俺が追われる側になってしまう。最悪の場合、連邦側のSSランク冒険者が出張ってくるかも知れない。

「俺が追われる側になったら、本末転倒だからな」

あと三日ほどで、最初の都市であるブリーク伯爵領の領都カーターに着く。ここは連邦側のバルクッド的な立ち位置なので、もし戦争が起これば、ここが最前線になる。だからうちと同様、大量の国家機密並みの資料があるはずなのだ。

「まずは、カーターで手がかりを探すところから始めるか」

狙いはブリーク伯爵邸の書斎と、伯爵軍諜報部の建物だ。これは今回の作戦からすると前菜に過ぎないので、急いで終わらせないとな。

今回の本命は飛竜部隊の壊滅と覚醒者の始末だ。この短期間でどれほど連邦の戦力を削れるかが勝負なので、最初の都市で足踏みなんてしていられない。

「余裕があったら、ついでに連邦海軍の戦艦を潰すのもアリだな」

カナン大帝国の人口は五億人で、アルメリア連邦の人口は十億人である。最近まで強硬派と穏健派で小競り合いをしていたとはいえ、数だけ見れば戦力は二倍程度だと考えられる。

「今思えば、飛竜部隊が完全な形で攻めてきてたら、割とヤバかったんじゃないか？」

俺もエクスという従魔がいる身として、従魔が傷つけられたり殺されたりした時の痛みは理解できるが、今回ばかりは仕方がない。

「やっぱり飛竜部隊には全滅してもらうしかないな……まぁとりあえずは、伯爵領での仕事に集中するか」

◆◆◆

三日後、ブリーク伯爵領の領都カーターにようやく到着した。

俺は門で衛兵に、偽装の冒険者タグを渡して中に入った。

「身分証を見せろ」

「Cランク冒険者、ユートか。よし通っていいぞ」

オーウェンに偽装冒険者タグの名前を何にするか聞かれた時、前世の名前であるユートと答えたのだ。

カーターに入って暫く進むと、偽装商人の面々と別れることになった。

「アルテ様、ここら辺で」

「ああ、世話になったな。帰りは自分でどうにかするから、数日経ったら引き返してくれ」

「了解しました。御武運を」

「ありがとう」

大渓谷を通るには一週間ほどかかるので、その間ずっとお世話になっていたのだ。やはりうちの軍の者は優秀である。

「とりあえず情報収集がてら、腹ごしらえでもするか」

近くの大衆食堂へ入り、テーブルに座る。そしてメニューを開くと、知らない名前の料理が結構あった。

「この羽兎定食を、一つ」

「かしこまりました！」

すぐに運ばれてきたので、早速いただく。

「兎のスープに柔らかいパン、それにサラダまで付いてくるのか。値段の割に豪華だな」

味も美味い。羽兎は連邦の固有種のようなので見たことはないが、口に入れると程よい弾力で旨味がジュワっと溢《あふ》れ出す。出汁としても優秀なようなので、まるでスープのために生まれてきたような兎である。

パンも大きくて柔らかいし、サラダも新鮮で、特にこのオレンジ色のドレッシングが絶品である。

「ごちそうさま」

「はーい、またのご来店をお持ちしております～」

料金を払い食堂の外に出て呟く。

「料理のレベルは帝国と同じくらいだな」

ちなみに羽兎はピンチになると二つの大きな耳を羽のように動かし、飛んで逃げるので羽兎という名前になったらしい。

◆◆◆

その夜、俺は宿屋の個室の中で身支度《みじたく》を整えていた。今回は夜間に行動するので、黒色の装備を選択した。極限まで魔力を抑えた後、光学迷彩まで起動するため、絶対に成功する自信がある。

宿屋を出てから狭い道に入り、近くの物陰で準備を始める。

「ここら辺でいいか」

光学迷彩を起動。さらに赤外線カメラの応用で視界も十分。

そのまま薄暗い道を、足音を立てずに進む。ある時は民家の屋根に上り、またある時は小川を飛び越え、目的の場所へと向かう。

「ここがブリーク伯爵邸か。うちほどではないが十分大きいな」

まずは光探知を使って衛兵がいない場所を探索し、大きな塀《へい》を飛び越えて、

「侵入完了」

しかし屋敷内に忍び込む方法がないので、茂みの裏で一時間ほど息を潜める。

すると、裏の門から小さい魔力が二つ屋敷の方に進むのを察知したので、急いで向かう。

「ハァハァ、やっぱり庭が広すぎるのも考えものよね」

「文句言わないの、私達はブリーク伯爵家にお世話になってるんだから」

やはり住み込みのメイドだったか。暖炉にくべるために裏庭の奥にある薪《まき》を取りに行っていたのだろう。俺は後をつけて、二人が扉を開けて屋敷内に入るのと同時に侵入する。

さすがに一階に書斎はないと思うので、二階と三階を調べることにする。途中何度も使用人や衛兵とすれ違ったが、無事に書斎と思われる場所のドア前まで来た。

耳をつけて中の音を聞く。全く音がしない。魔力の反応もないので、人はいないだろう。もちろん鍵が掛かっているので、星斬りの切っ先をドアと扉の隙間に差し込み、断ち切る。

そして、すぐに中に入りドアを閉める。

「ふぅ、やっと侵入できたな。急いで重要書類をマジックバッグに詰めて逃げるか」

屋敷内の魔力を探知している感じ、まだまだ書斎には人が来なさそうなので、怪しそうな部分を全て調べる。すると、

「ん？　ここから澱《よど》んだ魔力を感じる……？」

本棚の右端をすぐさま調べると、本を退かした奥に大きめの金庫が隠されていた。

「やっぱり本当に重要なのは隠すよな」

そして再び星斬りに手をかけ金庫の上の部分を断ち切る。蓋のように上の部分を外し、中の物をマジックバッグに入れるが、何かを察し、手が止まる。

「この宝石はもしかして、GPS的なやつか……？　よく見たらこっちの手紙もそうじゃないか」

中に追跡用の魔法が掛けられた宝石や封筒がいくつか出てきたので、それ以外を入れて窓から飛び降り、着地する。

「まるで怪盗だ」

一人でフッと笑いながら伯爵軍諜報部を目指す。


数時間後。


「伯爵軍の基地を大体調べたが、肝心の諜報部の拠点が全く見つからん」

少しマズい状況になってきた。きっと今頃、伯爵邸では大騒ぎになっており、その報告が諜報部に入れば警備が強化され、暫《しばら》く侵入できなくなってしまう。

「ん？　その報告をする奴を追跡すればいいんじゃないか？」

俺は急いで伯爵邸に向かうと案の定騒《じょう》ぎになっているので、少し待機する。すると数十分後、伯爵軍の基地とは逆方向に向かう魔力を屋敷の裏庭から探知した。

そいつを追跡すると、カーターの外れにあるスラム街へと入っていった。そこで俺もスラムの一キロほど先に大きめの魔力がいくつか群れているのを発見することに成功。

「なるほど、伯爵も考えたもんだな。でも」

「光の矢」

俺は一瞬で追跡していた衛兵の頭を光の矢で貫き、

「残念、もう少しだったな。ではこの死体を隠してさっさと諜報部の資料を頂くとするか」

すぐに到着し、中を窺《うかが》うと、特に焦ったりはしてなさそうなので、まだ情報は伝わっていないようだ。

「諜報部をスラムの地下に隠したのが裏目に出たな」

情報のやりとりに時間がかかるというデメリットが、ここで大きく効果を発揮した。さっきの衛兵がここに到着していれば話は別だったが、俺が侵入する時間は十分にあると言える。

「さぁ、お仕事の時間だ」

伯爵邸の場合、騒ぎが起きれば、併設《へいせつ》してある伯爵軍基地から、騎士や魔法師達が押し寄せてしまうので乱暴はできなかった。しかし、ここであれば話は別である。

「まぁ、スラムに作った自分達を恨《うら》め」

そう、時間をかけて侵入するより、まず全員を殺してしまった方が早いのである。

そして数十分後、資料を集め終え、ホクホク顔になったアルテは、のんびり歩いて宿屋へ帰宅するのであった。

◆◆◆

宿屋へ帰宅後、今日回収した資料を洗いざらい調べていると、

「『三年後、大帝国に総攻撃を仕掛けるため、カーターの軍備を強化せよ』ねえ」

金庫から出てきた最重要書類に国家機密レベルの書類が混ざっており、その中にカナンに総力戦を仕掛けることを示唆《しさ》させる命令書を発見した。

「そりゃ追跡用の魔導具も入れとくわな」

俺も侯爵邸の書斎で似たようなものをたくさん見てきたため、そのおかげですぐに気づけたのだ。

次は諜報部で回収した資料だが、そこには帝国側の戦力についてたくさん書いてあった。もちろん、俺についてもだ。

「俺はまだわかるんだが、エクスについても隅々まで書かれているな……」

また帝国側の覚醒者の情報もいろいろと書かれているが、

「なんでか知らないが、連邦側の覚醒者についても少し載ってるな」

おそらく大渓谷の立地や環境、バルクッドの戦力を考慮して、連邦側の陸軍に混ぜる覚醒者を議論して決めていたのだろう。

そして最後の資料には、連邦側が勝った後の処理について書かれていた。

「なになに？　連邦が勝利した際には、予定通りカナンを属国とすると。それでカナン大帝国に住む亜人の扱いについては……」

とても声に出して読める内容ではなかった。

「よし、とりあえずこれを考えた連邦の上層部とやらは皆殺し決定だな。内容を見るに、かなりの覚醒者もそれに賛成してそうだし」

そのままベットにダイブし、仰向《あおむ》けになって呟く。

◆◆◆

「ふぅ。この世界に転生してから、初めてキレたわ」

翌朝、宿屋の食堂で朝食をとろうと一階のテーブルに座り、メニューを見ていると、冒険者の一行が隣のテーブルに座った。

「なぁ、そういえば昨日の事件聞いたか？」

「ああ、昨日は夜遅くまで酒場で飲んでたからな」

「何それ？　私知らないんだけど」

そこで俺は、

「雑談中にすまない。全員分の朝食を奢《おご》るから、その話を詳しく聞かせてもらえないか？」

するとリーダーらしき大男が眉をひそめ、言った。

「あん？　お前何もんだ？　ここらでは見ねぇ顔だな」

「俺はCランク冒険者のユートというものだ」

「冒険者だったのか⁉　しかもあんちゃん大分若《わけ》ぇのに大したもんだな！」

次に隣の剣士らしき女が自己紹介をしてくれた。

「私たちはBランク冒険者パーティ、天狼《てんろう》よ。ちなみに私はリーダーのアリエット。よろしくね」

こっちがリーダーだった。

「俺ぁ、ディランだぜ！」

「俺はセオドアだ。よろしく」

「丁寧に感謝する。俺からもよろしく頼む」

Bランクパーティ天狼は剣士のアリエット、タンクのディラン、魔法師のセオドアという、典型的でバランスの取れたいいパーティのようだ。

「後輩に奢らせるのも、何だかなぁ。同業の誼《よしみ》で教えてやるよ！」

「ありがとな」

「実は昨日、領主様の屋敷が襲われたらしい」

「それは本当か？」

「本当だとも。幸運なことに死傷者は出なかったらしいんだが、侵入者がかなりの手練《だ》れだったもんで、発見が遅れたって話だ」

セオドアが続ける。

「俺も昨日の夜外出していたのだが、軍の奴等が忙《せわ》しなく動き回ってたのは、そういうことだったのか」

「私は寝ていたから初耳ね。最近噂で大帝国との戦争が近いって聞いたから、帝国側のスパイでも潜り込んだんじゃない？」

アリエットが核心を突くような発言をしたが、ディランが、

「それはねぇな。俺ぁ伯爵様の屋敷を見たことがあるが、どんな手練れでもあの護りは突破できん」

ここでセオドアが溜息を吐いた。

「それが突破されたから騒ぎになったのだろうが……」

「確かに」

「言われてみればそうだな！」

ここで俺はずっと気になっていたことを切り出す。

「襲われたのは屋敷だけだったのか？」

「俺ぁ、そう聞いたぜ」

「そうか。わざわざ教えてくれてありがとな」

「いいってことよ！」

俺は連邦側の人間に対して、勝手に悪いイメージを押し付けていたが、なかなかいい奴等じゃないか。これでは亜人を一方的に毛嫌いしている連邦の強硬派と同じになってしまうので、俺もそうならないように気を付けなければな。

また、諜報部の情報については特に出回っていないようだ。まぁ、伯爵軍の重要機関の一つが全滅したなんて他国に知られたくないだろうし。やったのは俺だけど。

「さっきアリエットが大帝国との戦争が近いという噂を聞いたと言っていたが、それも本当なのか？」

「これは最近、軍にいる姉に聞いたんだけど、強硬派が穏健派を飲み込んだらしいのよ。そのせいで今まで息を潜めていた亜人嫌いの組織が、急に活発になり始めたわけ。くだらない話よね」

「そうだったのか。ちなみにアリエットは戦争反対派なのか？」

「当たり前じゃない。知り合いから聞いた話だと、カナン大帝国では人間も亜人も関係なく普通に暮らしているらしいし、戦争なんて一つもいいことなんてないわよ」

「俺もそう思うぜ！」

「俺もだな。くだらん」

連邦側の穏健派というのは現実もわかっているし、損得もきちんとしている奴等の集まりなんだろう。

「じゃあ、なんでこんなに戦争ムードになってるんだろうな」

「たぶんだけど、うちの貴族達は、小さい頃から亜人を蔑《さげす》む教育を徹底されているからじゃないかしら」

「なるほどな。だからいろいろな組織の上層部が強硬派で固められているわけか」

「そうよ。中にはまともな人達もいるようだけどね」

アリエットのおかげで、なぜ連邦側の組織の上層部に亜人嫌いが多いのか、という謎が今解《と》けた。さっきから思っていたが、アリエットは頭の回転が速くてかなり話しやすい。そりゃリーダーに抜擢《ばってき》されるわけだ。貴族の事情にも精通しているから、もしかしたら元々貴族の子女なのかも知れない。

「長くなったが、そろそろ食べ終わるし解散するか。とてもいい情報が聞けた。ありがとな」

「また今度会ったら、一緒に依頼を受けましょうね」

「また今度な！」

「頑張れよ、少年」

「おう、じゃあな」

と言って俺は宿屋を出て、別の宿屋に向かう。

◆◆◆

コンコン
「何者だ？」

「Cランク冒険者のユートだ」

「!?」

すぐにドアが開き、中に入る。

「すみません。アルテ様とは知らず……」

「気にするな。早速だが、昨日の事件については知っているか？」

「屋敷が襲撃されたことまでは聞きました。しかし、うちの諜報部でもそれ以上は掴《つか》み切れませんでした」

「その事件の犯人は俺だ。詳しく説明すると、昨日伯爵邸の書斎に忍び込み重要書類を盗んだ後、スラムの地下にある伯爵軍諜報部の基地に奇襲をかけて資料を奪った」

「なんと……」

「ちなみに、諜報部の奇襲は時間勝負だったから、全員始末した」

「スラムの地下に隠していたのが裏目に出ましたね」

「そういうことだな。でも盗んだ資料は俺のマジックバッグに入れ、全ての仕事が終わった後に持って帰る予定だったのだが……」

「国家機密級の重要書類だったので、一応我々にも渡しておこうというわけですか」

「理解が早くて助かる」

「すぐに引き返さず、ここに留《とど》まっていたのが功を奏《そう》しましたね」

「本当にな。それで書類の確認は、写しを取りつつ同時進行で進めてくれ」

「わかりました。では我々が持って帰る分と、ここで活動する侯爵軍諜報部の分を写しますね」

「頼んだ。でも本物はお前たちが持って帰れ。それで俺と諜報部が写したものを持っている方がいい」

「そうですね。連邦上層部の判子やサインまでは完璧に写せませんから」

「そうだ。本物を持って帰った方が、証拠として帝都に提出しやすいからな」

一時間後、全て写し終わったので商人に偽装《ぎそう》した騎士の一人が、侯爵軍諜報部の基地まで持って行った。

そして俺は、残った数名と、今後の予定を考えていた。

「ではチェスター男爵領の外れにあるリングストンまでは迂回《うかい》するより、ルゼの森を突っ切った方が早いんだな」

「そうです。地図を見ていただければわかりますように、ここから結構離れていますので、迂回ルートで行かれた場合、かなりの時間がかかります。その上、たくさんの人の目に留まってしまいます」

「借りた馬に乗るとしても、一人で長距離を爆走していたら目立ちそうだな」

「ええ。普通この距離なら馬車に乗って移動しますし、昨日の事件でここら一帯はピリピリしていますので」

「じゃあ選択肢は一つだな」

「情報ではあちらに何人か覚醒者がいるので、気を付けてくださいね」

「ああ」

「御武運を祈ります」

その夜、俺はいつもの装備でカーターの城壁の上に乗っていた。

「結局二日しか滞在しなかったな。今のところ順調に仕事が進んでいて何よりだ」

と言って飛び降り、着地してからルゼの森に入った。

◆◆◆

「ここを抜けるのには、最低でも四日は掛かるのか」

気配を消し、木々の隙間をすり抜けながら走る。

「連邦も面倒くさいことを考えやがって」

そう。普通飛竜部隊結成のような重要軍務は、連邦の首都や高位貴族の領都で行うものだが、あえてバレないように辺境にある男爵領の都市で行っていたのだ。

そのため大帝国の諜報部も発見が遅れてしまい、帝都に襲撃を受けるほどの事態に陥《おちい》った。

「連邦にもかなり頭の切れる奴がいるのかもな」

そんなことを呟きながら丸一日走り続け、気がつけば日が沈んでいた。

「今日はこのくらいにしておくか。ここなら野宿もしやすそうだし」

俺は小さい頃に魔物大全典という著書を齧《かじ》り付くように読んでいたので、大陸の魔物なら大体知っているし、生息地も知っている。この著書を執筆したのは、大陸中を渡り歩いた某魔物研究家の偉人である。

「あの本を読んでから、世界中を旅するのが夢になったんだっけ……懐かしいな」

まだあの著書の内容は鮮明に覚えている。たしかこの森に生息する最高ランクの魔物はソイル・ゴリラである。簡単に言えば土魔法で攻撃してくる、気性の荒い巨大雑食ゴリラだ。

「あのゴリラは単体でCランクだが、基本群れで生活するから実質Bランクの脅威度《きょう》なんだよな」

マジックバッグから取り出したサンドイッチを食べながら、ゴリラの情報を整理し、その日はそのまま巨木の枝の上で寝た。ちなみにマジックバッグには状態保存が付与されているので、毎回作りたての料理が食べられるのである。

翌日。

「おっ、あれがソイル・ゴリラの群れか」

なんて余所見しながら進んでいると、前方二キロほど先に、見覚えのある魔力の痕跡《こんせき》を探知した。俺は慎重に進み、その反応がある洞窟の中に入る。

「これは……まさか転移の魔法陣か？」

おそらく帝都の襲撃で使用されたであろう魔法陣を発見した。しかし、

「ん？　少し文字の羅列《られつ》や大きさが違うな」

俺の予想だと、この転移の魔法陣はカナン側と対《つい》になっているのだが……。

「なるほど、いくら対になっているとは言え、両方の形が同じとは限らないもんな」

これは盲点《もうてん》だった。そりゃ分析が進まないわけだ。ダンジョンには一つの転移魔法陣しかなく、転移先であるダンジョンの入り口には、魔法陣は存在しない。

今回の襲撃で使用された魔法陣は連邦側にも対の魔法陣が存在する、という俺の予想は当た

った。だが形が違うというところまでは読めなかった。

「実際にこれを描いた転移の魔法師じゃないと、詳しいことはわからんが、一応帝国側でもこれを軍事利用できる目途《めど》が立ったな」

そう言いながら魔法陣を写し、その場から姿を消す。

「あっちの魔法陣を消した時にこれも効力を失っているだろうからな。無理に消したら俺がここを訪れたのがバレそうだし、そのままにしておこう」

その後。

「もし利用できる段階まで研究が進んだら、実家と帝都にある別邸を転移で移動できるようにしよう。絶対に」

対の魔法陣を発見するという棚ボタに恵まれた俺は、ルンルンで森を進むのだった。

実際これはワイバーン部隊を全て転移させるほどの効力を持つのだから、分析の後の研究次第で、転移の魔法師なしでもヒト一人が転移できるくらいの魔法陣を完成させられるかもしれない。

◆◆◆

現在、俺はチェスター男爵領の外れにある都市リングストンが見える地点まで進んでいた。ルゼの森では対の魔法陣が手に入ったので非常に気分が良い。

「ここまで来ると冒険者に出くわすかもしれないから、慎重《しんちょう》に進もう」

そう呟《つぶや》きながら着実に歩を進め、ついに目的地に到着。

「ここがリングストンか。大分《だいぶ》閑散《かんさん》とした場所にあるが、防壁も高いし都市自体も広い」

現在ルゼの森にある巨木の上から都市全体を見渡している。

「都市の真ん中にある、鐘塔《しょうとう》が狙い目だな」

光魔法の真骨頂は、光の矢などによる遠距離からの狙撃だったりするので、都市全体が見渡せる高さの塔があるのは好都合である。普段は戦いがつまらなくなるのであまり使わないのだが。

その後、防壁を飛び越えて宿屋へ向かった。

「よし、とりあえずシャワーでも浴びるか」

ワシワシと髪を洗いながら、今回の作戦をおさらいする。

リングストンでの最重要任務は飛竜部隊の殲滅である。覚醒者は以前説明した通り、割と非戦闘向きの奴が多い。戦闘向きな魔法で、尚且つ本人が使いこなせるレベルにまで達している覚醒者ともなれば、もっと数が絞《しぼ》られる。

カナンにも覚醒者はたくさんいるが、冒険者という括《くく》りだけで見ると俺とエリザを除けば、最高ランクはAだ。このように、下手《へた》な覚醒者よりも属性魔法や無属性魔法、剣術などを極めている奴の方が強かったりするのである。

そのため、余程強力な覚醒者でなければ人数ゴリ押しで勝てる。

しかし、飛竜部隊はそうもいかない。そもそも魔法が届かないのだ。高位の魔法師達が上空から上級以上の魔法を撃ち続け、魔力が切れたらゆっくりと魔力回復薬を飲み、再び撃ってくる。もしそこに覚醒者が混ざっていたら、さらにマズいことになる。

「まぁ、俺かエリザがその場にいれば話は別なんだが、カナンは広いしな」

てなわけで、まずは飛竜部隊をどうにかしなければいけない。諜報部からの情報では、この都市内に飛竜部隊の基地はないらしい。場所までは分かっていないが、おそらく近郊の森の中にある可能性が高いという話だ。

「万が一俺の存在がバレれば、飛竜部隊がどこかに飛んで逃げてしまうから、慎重に動こう」

急に話が変わるが、俺が良く使っている光魔法の中に光学レンズや赤外線を応用したものがある。ルゼの森の中を移動中、暇すぎてそれらの魔法の名前を考えてみた。

光学レンズを応用した魔法を〈拡大鏡〉。

赤外線カメラを応用した魔法を〈暗視〉。

赤外線トラップを応用した罠《わな》魔法の名前は、変わらず〈赤外線トラップ〉。

新しい魔法はこれ以外にもたくさん開発してあるので、楽しみにしていてほしい。そのうち使うかも知れない。

◆◆◆

その夜、俺は宿屋を出て例の鐘塔の天辺から、リングストンを見下ろしていた。

「いくら飛竜部隊を隠したくても、結局飛竜のエサのために大量の食糧《しょくりょう》を運ばなければいけない。問題はその運搬方法なのだが……」

普通に運んでいれば、うちの諜報部がそれを発見して飛竜部隊の基地まで辿り着いているはず。でも現状は何もわかっていない。

「転移の魔法陣で運んでいるなら、俺の光探知で発見できるんだよな。ルゼの森の時みたいに。でもそうでないのであれば、地下通路を利用している可能性が高い」

そのまま数時間待っていると、ルゼの森とは反対側にある森へ向かって、いくつかの魔力が動き始めた。

「予想通り、地下通路を経由しているようだな」

拡大鏡と暗視を駆使して魔力反応のある地上部分を見ても、人間や魔物はいなかったので、きっと地下を歩いているのだろう。

俺は追跡を開始し、五キロほど地上を進む。

「よくこんなに掘ったもんだな。優秀な土属性の魔法師を何人も雇ったのか？」

すると。

そいつ等がやっと地上に出てきて、大量のマジックバッグを持ったまま巨大な岩と岩の隙間に入っていった。隙間と言っても目算、普通の洞窟くらいの大きさはある。

そして俺はこの魔力をよく覚えている。

数十分後に俺も入ると、そこには——。

「これは……壮観だな」

太陽が大空に浮かび、大草原を煌々《こうこう》と照らしていた。

「まさか、ダンジョンの中に飛竜部隊を隠していたとは……」

そう。ダンジョンにはこういう使い方もあるのだ。

拡大鏡で辺りを見渡すと、遠くにある山の麓《ふもと》にいくつかの建物を発見した。よく見ればその上空をワイバーンが飛んでおり、その足で猪型のモンスターを掴んでいた。ダンジョンの中に発生する魔物をある程度餌《えさ》にできているのだろう。

「さすがにダンジョンの中に隠されたら、諜報部も発見できんな」

俺は光探知を最大限に起動する。少し前と違って、相当特訓し練度を上げたので、覚醒者が相手でも気づかれないし、範囲も広がっている。

「情報通り、覚醒者が五人くらい紛れ込んでいるな」

リングストンでは魔力を探知できなかったので、たまたまここに全員集まっているのかも知れない。

「普通の人間が約百人、覚醒者が五人、ワイバーンが五十体か。普通の人間とワイバーンはどうとでもなるから、まずバレる前に覚醒者を一人暗殺するか。その後に広域魔法を使おう」

広域魔法を使っても覚醒者を全員始末できるかわからないので、まずは確実に一人暗殺する方針にした。

俺は光学迷彩を起動したまま魔力を限界まで抑え込み、隠密モードで建物に近づく。建物は全部で四棟。ワイバーン用の巨大厩舎が一棟で、他の三棟は人間の住居用だ。

一番手前の建物に覚醒者が一人いるので、空いている窓から侵入する。二階の外れの部屋で魔法師達が議論をしていた。覚醒者は青いローブを着た魔女で、一番奥の椅子に座っている。

何を議論しているのか気になったので盗聴していると、

「やっぱり私は魔法師だけでいいと思うわ。騎士なんて足手まといよ」

「しかし帝都の結界は魔法を通しませんので、ワイバーンから強力な騎士を投下するのが得策かと思われます」

「私は絶級の魔法だって使えるのよ？　そんな結界なんて簡単に壊せるわよ」

「ですが……」

「なによ！　どうせあんた達は、あの覚醒者のジジイを持ち上げたいだけでしょうが！」

「ち、違いますよ。確かにローガン師の剣の腕前はすごいですが……」

俺は星斬りを持ち、居合斬りの構えを取る。
集中力を高めるために目を瞑《つむ》り、意識を闇の中へ落とす。
考えるのは目の前の部屋を覚醒者ごと斬るということだけ。
暫くすると、自然と周りの空気が振動し始める。
そして俺は星斬りから莫大《ばくだい》な魔力が溢《あふ》れ出しそうなのを感じ、
刹那《せつな》。
一気に抜刀し、輪を描くような太刀筋で横一閃。
その斬撃は一瞬で奥の山を切断し、彼方《かなた》へ消える。
一秒後、中にいた奴等は……。
「え？」
という言葉を放ち、半分に崩れ落ちる。
その技の名は、

【三日月】

莫大な魔力が星斬りから溢れているので、俺も惜しまずに魔力を放出。

光速思考を起動後、すぐに魔力を上空へ放つ。

【破滅の光雨《こうう》】

一瞬で空から光が降り注ぎ、滅びを齎《もたら》す。その光は建物ごと人間とワイバーンを貫《つらぬ》き、後に残ったのはそれらの死体と半壊した建物……それと一人の老人。やはり覚醒者を始末しきれなかった。

「お主、最近噂の閃光じゃな？」

「爺さん、あんたがあのローガンだな？」

「ほっほっほ。いかにも。儂がローガンじゃ」

「やはりそうだったか。ちなみに、どうやってあれを避けたんだ？」

「言うわけなかろうに」

爺さんが言葉を発し終えた瞬間、俺は光の矢を放ったが避けられてしまった。だが、あることに気が付いた。爺さんは俺が魔法を発動する前に横に移動していた。発動後に移動するのなら、まだわかる。とびきり動体視力が良いのかも知れないし、奇跡的な反射速度で避けたのかも知れない。しかし爺さんは発動前に移動した。ということは何かしらの魔法で察知……または予測した可能性が高い。属性魔法にも無属性魔法にも、そんな魔法は存在しないので、おそらく固有魔法だろう。未来を予測する魔法。それを言葉に表すのなら……。

「爺さんの固有魔法って『未来予知』だろ？」

「お主、頭も相当切れるんじゃな」

「そうでもないさ」

「そんなお主に提案なんじゃが、剣で決着をつけぬか？」

「奇遇だな。俺もあんたとは剣で戦いたいと思ってたところだ」

「じゃあ身体強化だけというルールでどうじゃ？」

「ふむ……」

普通、相手にこんな提案をされ頭を縦に振る奴など存在しないだろう。所詮は敵同士。相手が最後までルールを順守するとは限らないからな。しかし俺はローガンなら信じていいと思う。戦士としての勘が『是《ぜ》』の合図を出している。

俺はニヤリと笑い、口を開いた。

「乗った」

俺とローガンは草原の開けた場所へと向かう。ぶっちゃけ、魔法で本気を出せば倒せるのだが、こいつと剣を交《か》わすことで、剣術において俺は次のステージに行ける気がするのだ。

星斬りを持つ手が無意識に震える。これが噂に聞く、武者震いってやつか？

互いに見合い、身体強化を起動した。

「身体強化の練度は同じくらいだから、勝負は剣術の練度で決まるな」

「そうじゃな。久々に血が滾《たぎ》るわい」

闘気が全身から溢れ出し、始まりの時を待つ。

風がピタリと止《や》み、さっきまで雲に隠れていた太陽が俺達を照らす。

その瞬間。

二人は音速を超えるスピードで同時に距離を詰め、剣を合わせる。

キィィィインッ
辺りに音が響き渡り、火花が散る。

「お主、いい剣を使っているな！」

「てめぇもだ、ジジイ！」

タイミングを合わせて一度後退し、再び「攻めの剣」で猛攻をしかけるため、地を蹴る。

まず右上からの袈裟斬り、次に左下からの斬り上げ、真っ向斬りからの横一閃と見せかけて、一歩下がって刺突。時にはフェイントを挟みながら、不規則な型で攻め立てる。

しかし、爺さんは冷静に全てを防ぎきる。それは「鬼神」と呼ばれる親父を軽く凌《しの》ぐほどの圧倒的護りの剣。

これだけで、爺さんが剣士として一つ一つ努力を積み上げてきたことがわかる。

経験、努力、センス。これを持ち合わせた者達の中でも、ほんの一握りしか到達できない剣

の頂に、この爺さんは立っている。正直、予想を遥かに超えてきた。言い表すならば剣の怪物。

剣戟《けんげき》戦において、これ以上の強敵はいないだろう。

やがて俺の猛攻に、綻《ほころ》びが出始める。

「くっ！」

手痛いカウンターをくらい、完璧な太刀筋で左腕と左胸付近を斬り付けられた。

少し距離を取り、

「あんた何者だよ」

「……それはこっちのセリフじゃ」

どうやら爺さんの方も、結構ダメージを受けているみたいで安心した。

「はぁ」

俺は溜息をつきながら、今まで大事に着ていた外套を脱いで後ろに放り投げる。

「おや、それだと防御力が落ちるのではないか？」

「うっさいぞ、ジジイ。どうせ何を着てても今みたいに、防具ごと叩き斬るつもりだろ、お前」

「ふぉっふぉっふぉ！　そうじゃな」

爺さんは声高らかに笑った。食えない爺である。

そのまま第二ラウンドに突入し、今度は「柔の剣」で対抗する。

結果、爺さんの攻めは護りよりもヤバい。基本の型で攻めてくるが、速さと威力が今までの敵と段違いである。ただ、フェイントなどの小細工をせず、正面から真っ当な勝負を仕掛けてくる。これぞまさに、剣士の鑑《かがみ》。

こちらに傷が増えていくが、瞬く間に一閃、次の一閃と鋭い太刀筋で攻撃される。

まるで、剣と人間が一体化した化け物を相手にしているような錯覚《さっかく》をしてしまう。

血と汗が宙を舞い、視界が徐々に霞《かす》んでいく。

だが俺は負けない。俺もその化け物に並んで立つため、手首を柔らかく使い、息をするように剣を受け流す。すると、一閃ごとに星斬りと一体化していくような感覚を覚える。

暫く剣戟は拮抗《きっこう》し、爺さんにも焦りが出始めた。

狙い目は上からの振り下ろし。星斬りを横に構え、受け流すのではなく受け止める。そして空《あ》いた相手の腹を蹴り飛ばす。

「がはぁっ！」

爺さんは口から血を吐きながら転がった。

「お主、足癖が相当悪いのう」

「がら空きだったもんでな」

両者、このままでは埒《らち》が明かないことに気が付いた。

「……」

「……」

「次の一刀で決めんか？」

「相分かった」

お互い見合い、全てをこの一撃に込めるために集中する。

爺さんは上段構えで、俺はいつも通り居合斬りの構え。

目を閉じ、五感を高める。音や空気の振動まで手に取るように把握できる。

また星斬りから水のような静かな魔力が溢れ出すのを感じる。今までと明らかに世界の見え方も違う。

そして二人は同時に跳び出し、俺はその技を呟く。

【次元斬り】

すると相手も、

【真閃流奥義・彗星《すいせい》斬り】

互いの剣がぶつかり合い、次の瞬間、星斬りが相手を剣ごと断ち斬った。

魔法は使っていないが、星斬りはこの次元ごと全てを斬ったのだ。

今の一閃でダンジョンを斬ってしまったため、すでに崩壊が始まっている。休んでいる場合じゃないな。今すぐ離脱しなければ。

俺は光鎧を起動し、すぐさまダンジョンの入り口から脱出するため、走る。

戦いの余韻《よいん》に浸《ひた》るどころか、爺さんの亡骸《なきがら》を確認する暇もない。

数秒後、ダンジョンから抜け出すことに成功。

「このままダンジョンが崩壊すれば、その音に反応し、きっと大量の兵士がここへやってくる。すぐに離れよう」

俺は暗い不気味な森の中へ、颯爽《さっそう》と姿を消した。


その後、森を抜け、リングストン近郊の草原に出た。

今回の功労者である愛刀に、月明かりが美しく反射する。

綺麗な夜空を見上げながら考える。

俺と星斬りはこの戦いで、また一歩進化できた。最近は魔法の調子も良いので、このペースで任務を達成できればと思う。

これはもちろん、あの爺さんのおかげでもある。

「……ありがとな、ローガン」

俺は重い足取りで宿屋へ帰った。

◆◆◆

あれから三日後、特に騒ぎにもならず、光探知でも覚醒者の反応がなかったので、そろそろ移動することにした。

やはり覚醒者は全員、あのダンジョンの中に集まっていたらしい。もしかしたら近いうちに、再襲撃を仕掛けようと考えていたのかも知れない。

俺はこの三日でリングストンにいる帝国軍の諜報部と合流して、今後の予定を決めていた。

どうやって合流したのかというと、俺が都市内をブラブラしていたら、俺の顔を知っている諜報部の連中に声を掛けられたのだ。しかも少し怒られた。

「アルテ様、一応連邦の諜報部にも貴方様の情報が出回っているので、適当に都市内をブラつくのはおやめください。普通にバレます」

という、ぐうの音も出ない正論を言われてしまった。

ちなみに今後の予定は、ここから一ヵ月、連邦の首都『レクセンブルク』まで向かう商人の護衛依頼を受けることにした。初めは早く到着することに焦点を定め、議論していたのだが、カーターの伯爵邸と諜報部を襲撃している時点で、警戒されているのでは、という結論に至ったのである。

そのため冒険者ユートとして現地の情報を集めつつ、一月掛けてあえてゆっくりと向かうことにしたのだ。逆に騒ぎが、ある程度落ち着いてから潜入してやろう、というわけである。

てなわけで俺は今冒険者ユートとして冒険者ギルドのリングストン支部にいる。

「おいそこのお前！　ちょっと待ちな！」

と念願のテンプレ展開を迎えていたのだが、今は目立ちたくないので普通にやめてほしい。

そこで俺はごく僅《わず》かな魔力を使い、下衆《げす》な笑みを浮かべているおっさんの足の親指に向かってミニ光の矢を放った。

すると。

「痛っ！　なんか踏んだのか？　クソっ、また今度にしてやるよ！」

と、いかにも小物っぽいセリフを吐いてギルドから出ていった。

「なんだったんだ、アイツ……」

その後、俺は呆《あき》れながらクエストボードを見に行き、ちょうど良さげな護衛依頼を発見したので、受付で受理してもらった。

◆◆◆

依頼の日、俺は朝からリングストンの門の近くへ来ていた。

「そこの冒険者の方！　ユートさんで間違いありませんか？」

「そうだが。あんたが依頼主か？」

「はい。私が今回の依頼主、マティスです」

「そうか。これから一ヵ月よろしく頼む」

「ええ、よろしくお願いします」

　挨拶の後、二人でマティス商会の馬車の横で、暇つぶしがてら立ち話をしている。

「立派な馬車だな」

「これでも割と稼がせてもらってるんです。まぁ御者は私がやってるんですけどね」

「すごいと思うぞ。あと依頼だともう一人冒険者が護衛につくんだろ？　まだ来てないのか？」

「そろそろ来ると思いますよ」

　それから暫く世間話を楽しんでいると、

「遅れてすまない。私がAランク冒険者のカレンだ。マティス商会の依頼を受けにきた」

「私が依頼主のマティスです。詳しい自己紹介は移動しながらにしましょう」

　マティスが馬車を移動し始めたので、俺とカレンは馬車に乗り込んだ。このカレンという、いかにも剣士のような風貌《ふうぼう》をしている冒険者は、見た目がとても若いのにAランクらしい。一見青髪で清楚な印象を受けるが、全身から只者《ただもの》ではない雰囲気を出しており、目つきも鋭い。

「俺はCランク冒険者のユートだ。一ヵ月よろしく頼む」

「Cランク冒険者か。フンっ、精々足を引っ張るなよ」

性格は、全然清楚じゃなかった。

依頼内容では三食マティスが負担してくれるので、不自由なく過ごせる。

そして魔物や盗賊の襲撃がないまま三日が経ち、俺達は一言も交わすことなく馬車に揺られていた。なぜかカレンはずっと不機嫌そうにしていたが、さすがに暇すぎるので、話しかけてみることにする。

「なぁ、なんでこの依頼を受けたんだ？」

「私に気安く話しかけるな」

「そうか」

「……」

しかしカレンは嫌々口を開き、

「師匠が急に消えたから、一人で首都まで帰るところだ」

「師匠って、剣の？」

「……そうだ」

「ここ三日、夜の見張り番の時に剣を振っていたのを見かけたのだが、もしかして真閃流ってやつか？」

「貴様、なぜ知っている！！」

「そりゃ連邦では超有名だからな、剣仙ローガンとセットで」

「それもそうだな」

あの後諜報部に聞いたのだが、連邦でローガンは超有名人であり、国民であれば一度は名前を聞くらしい。もちろんそのローガンが修める真閃流も有名で、剣士を目指す者にとっての憧《あこが》れなのだそうだ。確かにあれはヤバかった。

ローガンの下《もと》で学んでいたであろうこのカレンも、まだ若いからAランクなのであって、すぐにSランクに上がりそうである。それにしても気の毒になってきたな。

「でも師匠が弟子を置いて消えるなんて、本当にそんなことありえるのか？」

「それがわからないから、今首都の道場に向かっているのだ！」

「無粋《ぶすい》なのはわかっているんだが、詳しい話を聞かせてもらっていいか？」

「チッ。まぁいいだろう」

カレン曰《いわ》く、ある日道場に連邦軍の使いがやってきて、依頼をされたらしい。他言無用とのことで、道場の皆に内容は教えられなかったそうだ。何か嫌な予感がしたので皆で止めたらしいが、ローガンはなぜか依頼を受けてしまったので、無理矢理カレンがリングストンまで随伴《ずいはん》したらしい。

リングストンに到着した日の夜、ローガンはカレンに「すぐ戻る」と言って、軍の奴等とどこかへ行ってしまった。その後五日間待ち続け、その間に軍の基地にも足を運んでみたものの、何も教えてくれなかったので、諦めて現在道場に向かっているらしい。そこに師匠がいると信じ続けて。

「なるほどな。道場にいるといいな、師匠が」

「フンっ」

「カレンはなんの依頼だったと思う？」

「お前割と図々《ずうずう》しいな……」

「そういう性分でな」

「どうせ、戦争関連だろう。師匠はずっと、反対していたのだがな……」

「そうか」

（やっぱそうだよな。ローガンはどう考えても戦争に賛成するような奴じゃない。なのにもかかわらず、あそこにいたということは、何かしらの事情があったんだろうな。それも、愛弟子にも言えないような事情が……）

そこで会話を打ち切り、今まで通り、馬車に揺られるだけの日々に戻った。

◆◆◆

カレンと最低限の会話だけをしていた一ヵ月が経ち、ついにアルメリア連邦首都レクセンブルクへ到着した。ちなみに俺はマティスとはよく世間話をしていた。

「一ヵ月間、ありがとうございました。これが報酬です。ギルドには依頼完了の届けを出しておきますね」

「こちらこそ世話になった。また機会があればよろしく頼む」

「飯も美味《うま》かったし、私も満足だ。ではな」

カレンが道場へ足早に向かったので、俺達もすぐに解散した。そして俺は光学迷彩を起動し、カレンの後を追った。

彼女が道場に戻ってもローガンはいない。ダンジョン内で俺が討《う》ったからだ。もしカレンの怒りの矛先が連邦軍ではなく、戦争の原因であるカナン大帝国に向かうのであれば、ここで始末しなければならない。カレンの実力は、確実にSランク以上はあるからな。

俺も道場に忍び込み、聞き耳を立てる。するとどうやらカレンはこの後リングストンに引き返し、師匠が不在ならそのまま師匠探しの旅に出るそうだ。しかもローガンが戦争に反対していたので、道場の者は全員不参加らしい。いい判断である。

宿屋に向かいながら呟く。

「あの爺さんは一体、どんな事情を抱えていたんだ?」

十中八九、連邦軍はこの問題に関わっているだろう。やはりこの国の闇は深い。

「カレンには悪いことをしたが、これも帝国にいる皆のためだ」

俺は家族や友人、知人達の顔を思い浮かべる。

「よし、もう一仕事頑張るか」

そう。ここはすでに戦争強硬派の本拠地なのである。

◆◆◆

その日の夕方、俺はレクセンブルクの外れにある魔導具屋に来ていた。

「いらっしゃいお客さん。何かお探しの物でも？」

「龍が天に昇る時、世界は終焉《しゅうえん》を迎える」

「こちらへどうぞ」

「ああ」

奥の扉に案内され、地下へ繋がる階段を下る。すると迷路状に入り組んだ通路に出たので、案内の背中に付いていきながら、道順を覚える。暫く進み、行きついた場所にあるドアを開けると、そこには諜報部の大規模な基地があり、たくさんの兵士達が忙《せわ》しなく動き回っていた。

「アルテ様、お待ちしておりました」

「マルコじゃないか。どうしてここに？」

「ここは帝国軍とアインズベルク侯爵家、ランパード公爵家の諜報部の合同基地ですので」

「そうだったのか。でもそんなに仲良くできるもんか？」

「ええ。優秀な人材を集めていますので」

「そうか」

連邦の諜報部は強硬派、穏健派、その他の三つに分かれている。それに比べて帝国では主要な諜報部が合同で動いている。簡単に言えば連邦はバラバラで帝国は一枚岩なのである。

これに関しては連邦が普通なのであって、帝国がおかしい。

長年共に戦っているアインズベルクとランパード、そして両者が忠誠を誓っている皇族の三つの結びつきが、こんなところで力を発揮するとは思わなかった。

「やっぱいいな。帝国は」

「全くその通りですな」

心の底から、カナン大帝国に生まれてよかったと思う。

「ところで、あの厨《ちゅう》二臭い合言葉は誰が考えたんだ?」

「合言葉は定期的に変わりますが、今回はたしか御当主様ですね」

「あのクソ親父め……」

第23・5話：真閃流道場

アルテがアルメリア連邦に潜入する、少し前。

首都レクセンブルクにある、真閃流道場にて。

その日は朝から弟子達の掛け声が、広い敷地内に鳴り響いていた。

「ほれ、もっと腰を落とせ。重心が安定せんぞ」

「はい！」

「打ち込みが甘い。それではゴブリンすら倒せん」

「はい！　精進《しょうじん》します！」

「ほっほっほ。いい意気込みじゃ」

今日も今日とて、ローガンとその弟子達は研鑽《けんさん》に励《はげ》んでいた。

その時、軍服を着た数人の男達が、門から入ってきた。

先頭を歩く隊長らしき男が、ローガンに声をかける。

「貴殿が、あの名高いローガン師か？」

「そうじゃが……お主等は軍の関係者かね？」

「ああ、その通りだ。少々重い話になるゆえ、建物の中で話させてもらいたい」

「ふむ……いいじゃろう。案内させてもらう」

（おそらく戦争の件じゃろうな。まぁ適当に追い返すとでもするか）

ローガンは彼等を引き連れ、客間に入った。

全員が席に座ると、弟子の一人が茶を運んできた。

「粗茶《そちゃ》ですが」

「気遣い感謝する」

弟子が退室すると、隊長は茶に目もくれず、すぐ依頼について説明し始めた。

「まずローガン殿にお伺いする。現在強硬派が、仇敵《きゅうてき》である帝国との戦争に向け、着々と準備を進めていることはご存じか？」

「無論、知っておる。全く物騒な世の中になったものよ」

「最近連邦の新戦力が、帝都アデルハイドを奇襲したことは？」

「それは初耳じゃ」

ここでローガンは立派な顎鬚《あごひげ》をさすった。

（まさかそこまで事が進んでいるとは……強硬派の連中は相変わらず気が早いのう）

「要するに、もう戦争は避けられないということじゃな？」

「話が早くて助かる」

ここで隊長は一息置き、再び口を開いた。

「単刀直入に言わせてもらうと、今日はローガン殿を戦力として投入すべく、勧誘しにきた。まぁ、聡明《そうめい》な貴殿であれば、先ほど我々が門を潜った時点で察していたかも知れんがな」

「……」

ローガンは徐《おもむろ》に目を瞑《つむ》り、黙った。

「……どうだ？　もちろん報酬は弾《はず》ませてもらう上、最高待遇で迎えさせてもらうぞ？　連邦国民にとって、これ以上の誉《ほま》れはないだろう。なぁ、お前達」

「「「はっ、その通りでございます」」」

部下達は大きく頷いた。

数秒後、ローガンはようやく口を開いた。

「悪いが断らせてもらう。いかんせん儂は戦争が大嫌いでのう。ほっほっほ」

「「「!?」」」

男たちは快く承諾されると思い込んでいたため、その言葉を聞き、驚愕した。

隊長はすぐに正気を取り戻し、問う。

「れ、連邦国民として……この国を守りたくはないのか!?」

「こちらから帝国にちょっかいを出しておいて、連邦を守るも糞《くそ》もないじゃろうに」

正論を突き返され、男達は虚《きょ》を突かれたような表情をした。

ローガンはここぞといわんばかりに続ける。

「強硬派が亜人嫌いなのは百歩譲って理解できる。嗜好《しこう》というのは人それぞれじゃからな。しかし、帝国を逆恨みするのは間違っておるわい。あの国は行き場をなくした亜人達を受け入れただけじゃ。別に帝国が悪事を企み、連邦に被害を出したわけでもなかろう。ましてや戦争を仕掛けるなど、狂気の沙汰《さた》よ」

「……貴殿が何を思うかなどは関係ない。今ここにあるのは、愛する我が国のため、命を賭《と》して戦わなければならないという覚悟のみ！！！」

と声を張り上げ、テーブルに拳を振り下ろした。

また部下達も、その言葉に大きく頷いた。

「そりゃ手を出したからには、帝国は黙っておらんじゃろうな。ここが戦火に巻き込まれるのも時間の問題やも知れんのう。自明の理という奴じゃな」

(あの国は昔から屈強じゃからな)

「それを理解していて、なぜ我等の勧誘を蹴るのだ……！」

「『どんな災いが降りかかろうと、己が正しいと思う道を突き進め』、これは古から伝わる真閃流の教えじゃ。儂はこの戦争は間違いだと考えているゆえ、手を貸さん。それだけじゃよ。それに、儂のような老いぼれが一人参加したところで、特に結果は変わらんじゃろう。ふぉっふぉっふぉ！」

「……」

隊長は打つ手がなくなり、黙ってしまった。

「どうしても首を縦に振るつもりはないか？」

「ない」

「くっ……」

「ではさっさと帰ってくれ。儂は忙しいんじゃ」

これにて問答は終了と思われたが、ここで隊長はニヤリと不快な笑みを浮かべた。

「そういえば、真閃流の師範は弟子を溺愛《できあい》していると聞いた」

ローガンの頭の中に、嫌な予感が過った。

「き、貴様……まさか、彼等に手を出すつもりではあるまいな？　もしそんなことをすれば、ただでは済ませんぞ……！」

「「「「！？！？！？」」」」

男達は一瞬ローガンの闘気に怯《ひる》んだが、軍人としての意地を見せ、なんとか持ちこたえた。

隊長は額から冷や汗を流しながらも、ローガンに問う。

「さぁ。弟子全員の命と、戦争への参加。貴殿はどちらを取る？」

「……」


数十分後、ローガンと男達は客間から退室し、表に出てきた。

すると、瞬《またた》く間に弟子達が駆け寄ってきた。

「師範！」

「ローガン様！」

彼等は客間から漂《ただよ》っていた暗い雰囲気を感じ取っていたため、訓練を一時中断し、皆神妙な面持《おもも》ちで待機していたのだ。もちろん、その中にはカレンの姿も。

軍の使いは彼等を一瞥《いちべつ》し、何事もなかったかのように門から出て行った。

カレンは、ローガンが男達の背中を睨《にら》んでいることに気が付いた。

(あの温厚な師匠が、あんなに鋭い目を向けている……？　これは何かあったに違いない！)

「師匠！　何を話したのか、教えてください！　私を含め、皆心配していたんです！」

「心配かけてすまんのう。なに、軍の依頼を受けただけじゃよ」

「軍の依頼？　まさか、戦争に参加するおつもりですか⁉」

「相変わらずカレンは鋭いの～。さすがは儂の弟子じゃ」

「しかし師匠は以前から戦争をずっと反対していたじゃないですか！　それなのに、なぜ！」

「ちょっと気が変わってのう。戦争に参加してみることにしたんじゃ。なに、儂は強いから安心せい。ほっほっほ」

ローガンは手をポンと叩き、声を上げた。

「ほれ、皆持ち場に戻れ。今日も研鑽に励むぞ」

「「「「はい！」」」」

カレンは心の中で呟いた。

（これは何かおかしい……必ず私が師匠をお守りしなければ……）

それからしばし時は流れ、アルテがダンジョンを脱出し、森の中を移動している頃。

件《くだん》のダンジョンが崩壊する直後、一人の老人が入口から外へ出てきた。

「ふぅ……死ぬかと思ったわい。それにしても、彼には悪いことをしてしまったのう」

と呟きながら、暗闇の中に姿を消した。

第24話：SSランク冒険者【マックス】

翌日、俺は再び例の魔導具屋を訪れ、案内役の後ろを歩いていた。

「なぁ、諜報部の合同基地は首都の外れにあるとはいえ、バレないのか？　連邦にも索敵特化《さくてきとっか》の覚醒者くらい、いそうだが」

「実は、魔力阻害《そがい》の魔導具が設置してあるんですよ」

「なるほどな、魔導具屋はそのカモフラージュってわけか」

「その通りです」

この世界の一般的な魔導具屋は、魔力阻害の魔導具を始め、色んな種類のものを取り揃えている。そのため、魔導具屋の傍を通る時に魔法師が違和感を覚えるのは、結構あるある話なのだ。

しかも、この首都には二千万人以上もの人々が住んでおり、面積も帝都より少し広いので、魔導具屋も数えきれないほどある。確かによっぽどのことがない限り、バレる心配はなさそうだな。

合同基地に到着後、マルコを含めたここの重鎮《じゅうちん》達に迎えられ、大会議室へと通された。

俺はマルコの隣の椅子に座り、小声で話しかける。

「そういえば、なんでマルコはここにいるんだ？」

マルコは侯爵軍の中将なので軍の三番目、親父を含めなければ実質二番目に偉い地位にいる。連邦との総力戦が、三年後に始まるという情報は届いているはずなので、今すぐに危険はない。そのため、マルコが配属されるのは少しおかしいと思っていたのだ。

「単刀直入に答えますと、私の妻と娘が獣人なのですよ」

「息子のケビンが人間だから少し、驚いた」

「息子は私の血を濃く引いて、娘は妻の血を濃く引いたんです」

「だから来たのか」

「ええ」

マルコは返事をし、力強く頷いた。俺をカーターまで運んでくれた侯爵軍の奴等が、無事にあの書類を帝国に届けてくれたのだ。その中には、連邦が帝国に勝利した場合の「亜人」の処遇について、記された命令書があったはず。

そう。俺があの夜、声に出して読めなかったほど、酷い内容の命令書である。マルコがそれに目を通した結果、はらわたが煮えくり返る思いをし、自ら志願してここへ来たのだろう。

「マルコ」

「はい」

「連邦の上層部は、俺が一人残らず皆殺しにするから、安心してくれ」

「承知」

話し終わったタイミングで会議が始まり、連邦についての情報がテーブル上を飛び交った。

連邦軍に潜入させている諜報部からの情報では、やはり連邦は陸軍と海軍、空軍に分かれて帝国に総攻撃を仕掛けるつもりだったらしい。

しかし、空軍については俺が飛竜部隊を壊滅させてしまったので、作戦を変更し、陸軍と海軍に戦力を集中させるようだ。

思わず俺は会議中に、

「なぁ、うちってそんなに舐《な》められているのか？」

「いえ、連邦もそこまで馬鹿ではないと思います」

「じゃあ、鍵は覚醒者か？」

「はい。相当優秀な覚醒者を抱えているのだと、考えられます」

「だよな。まぁ海軍については俺がどうにかする。戦艦なら剣で斬るなり、魔法で沈没《ちんぼっ》させるなりできるからな。もし取り逃しがあっても、ランパードがいるから大丈夫だろう。陸は追々だな」

海は戦艦がなければ行軍できないが、陸は最悪歩けば行軍できてしまうので、今は手の打ちようがない。皆もそれがわかっているので、俺の話を聞いて頷いている。

「次は、問題の覚醒者について聞かせてくれ」

「はい。今回の戦争に参加すると思われる覚醒者は大体五十人です。我等が最も警戒しなければならない覚醒者は三人で、そのうちの一人は先日、アルテ様が始末しました」

「飛竜部隊の時に戦った、ローガンだな。他は？」

「転移の覚醒者と、重力の覚醒者です」

「やっぱり、ＳＳランク冒険者は出てくるか。しかしエリザ曰く、もう一人無視できない、強力な覚醒者がいたはずだ。たしか……植物魔法の覚醒者。そいつに関しての情報は持っているか？」

「植物の覚醒者については、連邦の上層部に何度も声を掛けられたようですが、それらを全て断り、結局どこかへと姿をくらませてしまったそうです」

「いい判断だな。他の覚醒者は、首都の冒険者ギルド本部にいるのか？」

「はい。重力の覚醒者はたまに、ソロで依頼を受けているとの情報が入っております」

「警戒心のない奴だな。機会を伺《うかが》って、俺が始末してくる」

「了解です。アルテ様を主体とした大規模作戦まで残り約一ヵ月ですので、期限はそこまででお願いします」

「ああ。それとここから一番近い海軍の基地は、どこにある？」

「ここから馬車で十日ほどの場所にあります。地図のここですね」

「ふむ。俺が街道を通らず最短距離を本気で走れば、往復で四日くらいだな」

「では、アルテ様にはまずこの基地を潰《つぶ》してもらい、残りの三週間は、首都で重力の覚醒者の始末に専念していただく形でお願いします」

「わかった」

暫く会議は続き、ついに終盤を迎える。

「では、これで今日の会議は終わりです。次の会議は、一ヵ月後の大規模作戦の二日前に開きます。最後に、何か意見のある方はいますか？」

「あ、ちょっといいか？」

「どうぞ」

「すっかり言い忘れてたんだが、ルゼの森で、帝都の襲撃事件の際に使用されたと思われる、魔法陣のもう片方を発見したから写してきた」

「……」

「なんで皆『そういうことはもっと早く言えよ』みたいな顔をしてるんだ？」

「「「ええ……」」」

そして微妙な雰囲気のまま、会議は終わった。

◆◆◆

「帝国には生息していない魔物がたくさん見れて、楽しいな。俺にとっては、魔物の宝庫だ」

俺は会議の日の夜に首都レクセンブルクを出立し、最短距離で例の海軍基地に向かっていた。

現在、呑気《のんき》なことを呟きながら名も知らぬ草原の真ん中を堂々と移動中だ。

「そういえば、海の傍に行くのは久々だな。生憎《あいにく》、今回は海を楽しむ時間はないが、海に生息している魔物は陸の数倍はデカいからな。運が良ければ見られるかも知れない」

それと、今回一つ企んでいることがある。巨大な魔物達が跋扈する海を戦艦で移動できるのには訳がある。戦艦の中心部に魔物除《よ》けの魔導具を設置しているのだ。それは基本的に高価なのだが、漁船やボートに使われるものくらいなら誰でも普通に入手できる。

しかし今向かっている海軍基地には、大きな戦艦がある可能性が高い。それに使われる魔物除けの魔導具は非常に魅力的である。

「軍艦を沈めるのは確定しているが、そういうものは勿体《もったい》ないから回収しよう。お土産にちょうどいいし」

◆◆◆

帰りはまだしも、行きで体力と精神を削りすぎるのは愚策《ぐさく》なので、適度な休憩を挟みながら移動すること約二日、ついに例の基地に到着した。

「懐かしいな、この潮の香り。やはり海はいい」

まだ、カーターとリングストンの襲撃事件の犯人が、俺だとバレていないはずだから、念のため今回も地上では攻撃魔法は使いたくない。何らかの魔法で、遠くから観測されるかも知れないからな。

俺は腰に差している星斬りにチラッと視線を移し、手を添えた。

「頼んだぞ」

どうやらヤンデレソードこと星斬りもヤル気満々である。

夜になるまで待ち、光学迷彩と暗視を起動したまま、極限まで魔力を抑え込み、隠密《おんみつ》状態となり海軍基地へと侵入する。

「思ったよりデカいし、広いな」

昼に、拡大鏡を使って基地の全体構造は把握できたので、スムーズに進む。

港に到着すると、そこには大きめの戦艦が四隻と巨大な戦艦が一隻、堂々と海の上に佇《たたず》んでいた。

俺は魔力を抑えた最小出力の身体強化を使ってジャンプし、甲板《かんぱん》の上に静かに着地する。夜なので、艦上には誰もいない。しかし、戦艦の窓からは光が漏れているので光探知を起動すると、食堂らしき場所にたくさんの人が集まっていることがわかった。どうやら夕食の時間のようだ。

「好都合だな」

俺は強い魔力反応のする戦艦の中心部分に移動し、真下を見る。星斬りを静かに構え、足元を円形に斬る。

ストン
そのまま続けて、
ストン、ストン

無音で艦内に忍び込み、

「これが魔物除けの魔導具か、思ったよりも小さいな」

良い魔導具だからといって、大きいわけではないようだ。俺はそれをマジックバッグに詰めて、この艦隊の総司令官がいるであろう大きな部屋へと向かう。魔力反応も大きいし、たぶん一番偉い人だろう。

司令長官室のドアをゆっくりと開ける。

「ん？　誰だ？」

長官は首を傾《かし》げて呟《つぶや》く。

「誰かのいたずら」

ポトリ

言い切る前に、一瞬で首を落とす。

「さて、重要書類をいただくか」

いつも通りに金庫を発見し、重要書類をマジックバッグへ詰め込む。

その後、巨大戦艦を抜けて、他の戦艦で同じことをした後、港の横の方へ移動し、物陰で重要書類を検《あらた》める。

「やはりランパードとは、互角《ごかく》にやり合うつもりだったらしいな」

内容的に、何人かの覚醒者を乗せて、遠距離攻撃を主体にした作戦を練っていたようだ。うちと全く同じ作戦である。実は光探知を使った時、食堂に覚醒者らしき反応があったので、大体予想は付いていた。

「よし、じゃあ最後にド派手に決めるか」

現在港に停泊している艦隊の側面にいるので、俺の前には戦艦が縦にズラッと並んでいる。

俺は星斬りを鞘《さや》に納めたまま持ち、居合《いあい》の構えを取る。全身から溢れる闘気を抑え、星斬りから流れてくる水のような静かな魔力に共鳴させるよう、身体中を落ち着かせる。

そう。この魔力である。あの時と全く一緒。

勝負は一瞬。その時を逃してはいけない。

五感と集中力を高め、時を待つ。

「……」

今だ。

俺は星斬りを抜刀し、目の前に存在する全ての物体、魔力、空間を斬る。

その技の名は【次元斬り】。あのローガンをも沈めた、至極《しごく》の一閃である。

遅れて数秒後、全ての戦艦が真っ二つになり、沈没した。

俺はすぐに光速思考、光探知を起動し、覚醒者が海面に上がってくる前に魔法を放つ。

「ロンギヌスの槍、四重展開」

四本の閃光が、海中のターゲットに直撃した。

「よし、覚醒者を全員始末できた」

あとは陸にいる数十名を斬り、海面に浮上してくる海兵に斬撃を放つだけ。


数分後、そこにアルテ以外の生命反応はなかった。

「任務完了」

俺は戦艦が沈み、建物も半壊した廃墟《はいきょ》同然の海軍基地を一瞥《いちべつ》して最終確認をした後、踵《きびす》を返し、暗闇の中へ溶け込んだ。

◆◆◆

首都に帰っている休憩中、暇すぎて重要書類を眺めていた。

「よし。三年後に総力戦を仕掛けるという予定は、変わっていないな」

首都の会議でも同じ情報が伝えられた。でももしニセの情報を掴まされていて、実は一年後に仕掛けます、という事態に陥ったら最悪なので、ここで情報の裏を取れたのがデカい。

「ふむふむ。変質魔法で巨大戦艦の表面をミスリルに変質させ、無敵の戦艦にするつもりだったのか。それに風魔法で爆発的な推進力を持たせると。ん？　絶級以上の魔法を撃てる魔法師もいるのか。超級以上を使える魔法師もチラホラといるし。だがやはり本命は長距離型の魔法師みたいだな。鉄持ち、狙撃持ちか」

初見の魔法がたくさんあって少し混乱したが、おそらく全て遠距離型だろう。

「鉄魔法は遠くから鉄を飛ばすんだろうが、狙撃って何飛ばすんだ？　もしかして魔導大砲絶対当てるマンか？」

一応無属性魔法に「魔弾」という、魔力を飛ばす魔法があるのだが、遠くからこんなのチマチマ撃っても意味はないので、魔導大砲を扱うのだろう。でもうちには反射持ちがいるので、何をしても結果は変わらない。

◆◆◆

「ルーカスが狙撃持ちだったら、授業中に鼻クソとか飛ばしてきそうだな」

親友の顔を思い浮かべ、

「うん。アイツなら絶対にやる」

数日後、俺は無事にアルメリア連邦首都レクセンブルクに到着した。その日は疲れて寝てしまったので、翌日に重要書類を諜報部合同基地に届けた。

「よし、暫くのんびりしよう」

「アルテ様、どうせなら冒険者ギルドの依頼を受けてもいいと思いますよ。首都内を変にブラブラしていると、逆に怪しまれますし」

「せっかく偽装用の冒険者タグを作ってもらったし、それもアリだな」

この冒険者タグは、オーウェン率いる帝都ギルド本部の奴等が結構本気で作ってくれたので、絶対にバレないと断言できる。

「レクセンブルクには、何十万人も冒険者がいるからな。まぁ大丈夫だろ」

実際、それは冒険者タグを持っている人数であって、現役で活動し生計を立てている者の人数であればもっと絞られるだろう。

この世界の冒険者タグ・商人タグは身分証明書としてかなり有効なので、持っている人が多いのだ。

「もしかしてこの冒険者タグって、死ぬまで使えるんじゃないか？　後でオーウェンに相談してみよう」

アルメリア連邦とカナン大帝国の戦争などは、アルテの人生にとってはあくまで序章に過ぎないので、この冒険者タグには、これからもしっかりと役に立ってもらわなければならない。

「おっちゃん、そのサンドイッチ二つ」

「まいどあり！」

そんなことを考えながら、屋台で美味そうなサンドイッチを銅貨三枚で購入したのであった。

◆◆◆

昼食をとった後、俺は冒険者ギルドに来た。

「やっぱりデカいな、冒険者ギルドの本部は……」

本部には毎日何万人もの人々が訪れるので、当たり前のことなのだが、冒険者ギルドの本部というのは、世界でも有数の巨大建築物なので毎回圧倒される。

ギルドに入ると、まずは大広間でパーティの勧誘や世間話をしている奴等が目に入る。真っ直ぐ進むと低ランク用の受付があるので、俺は右の階段に登って二階へ進む。冒険者ユートはCランクなので中級者用の受付を利用するためだ。

主に魔物の討伐依頼が貼ってあるクエストボードを眺めていると、

「ん？　もしかしてユートか⁉」

Bランクパーティ天狼のディランが声をかけてきた。

「ディランじゃないか。久しぶりだな」

「そうね。一ヵ月ぶりかしら？」

「久しぶりだな、ユート」

「二人も久しぶりだな」

アリエットとセオドアも声をかけてきた。元気そうで何よりである。

「ユートは討伐依頼を探してるのか？」

「そうだ」

「じゃあ俺達と同じ依頼を受けようぜ！」

「それも面白そうだな。ちなみに何の討伐依頼なんだ？」

「Ｂランクのオークジェネラルの討伐依頼よ」

「あぁ。オークの集落を攻めるなら、人数が多い方が有利だもんな」

「そういうことよ」

「じゃあ早速手続きしに行こうぜ！　ユートも参加するってことで、いいんだよな？」

「おう」

というわけで、俺はＢランクパーティ天狼と合同で依頼を受けることになった。

天狼は依頼を明日受ける予定らしいので、俺もそれに便乗する形だ。

「ちょっと酒場に行って、作戦会議しねぇか？」

「「賛成」」

一応ギルドにも酒場が併設されているので、そこへ向かう。四人でテーブルを囲《かこ》むように座り、作戦会議を始める。

「おそらくアリエットは魔法剣士で、ディランはタンク、それでセオドアは魔法師だろ？　三人が何の魔法を使うのかが知りたい」

「見ただけでわかるなんてあなたすごいわね。私は風の中級よ」

「俺は火・水・風の三つ。水が上級で他の二つが中級だ」

「俺は土の上級だぜ！」

「ディラン嘘つくなよ」

「嘘じゃねぇよ！　本当だ！」

ぶっちゃけ、ディランが上級まで使えるのにはとても驚いた。魔法というのは魔力操作とイメージ、理解度の三つが必要なのだ。いつも言っているが、その魔法の概念や性質を理解できない奴が多いので、上級魔法が使える奴は少ないのである。

「で、ユートは何の魔法が使えるの？」

「一応、土の初級が使えるが、練度が低すぎて戦闘じゃ役に立たない。だから基本は身体強化を駆使して剣で戦っている」

「なんか意外だな！」

「確かにユートは最低でも上級は使えると思っていた」

「それって本当なの？」

「ああ。期待させてすまなかったな。でも剣術は誰にも負けないから、パーティの前衛が一人増えたと思ってくれればいい。あともちろん身体強化は使えるから、安心してくれ」

「剣術だけでCランクって、それはそれですげぇけどな！」

「期待している」

「俺が天狼に適当に合わせるから、お前達はいつも通りでいいぞ」

「じゃあ、それでお願いね」

四人でオークジェネラルの集落の場所や弱点などの情報を整理し、作戦会議は終わった。

「割とすぐに終わってしまったから暇ね」

「少し聞きたいことがあるんだが、いいか？」

「いいわよ」

「ここの本部にSSランク冒険者がいるだろ？　確か重力持ちの覚醒者」

「確かにいるけど、どんなことが聞きたいの？」

「戦闘スタイルとか」

「私は見たことがないから、知り合いの冒険者から聞いた話でいい？」

「頼む」

「基本的に魔法で相手を潰すらしいわよ。もし潰せなかったら、殴って討伐するらしいわ」

「覚醒者の魔法に耐える奴を、殴って討伐できるのか？」

「普通の身体強化と違うって聞いたわね。力も速さも、それに色も違うって。あと、剣術は苦手だけど、拳闘士としては超一流だって」

「なるほどな。貴重な情報が聞けた。ありがとう」

「目指しているの？」

「ああ。ＳＳランク冒険者になるのが夢なんだ」

「そうだったの。頑張ってね、応援してるわ」

「俺も応援してるぜ！」

「頑張れよ」

「おう」

やっぱりいい奴等だな。俺が剣しか使えないと知っていても、馬鹿にせず応援してくれるとは。こいつ等とはこれからも仲良くしていきたい。まぁ本当は終焉級の魔法が使えるし、ＳＳランク冒険者だし、なんなら覚醒者だけども。

しかも重力持ちとは面識がなさそうだから、もし俺が始末した時にそれがバレても、どうにかなりそうだ。

◆◆◆

翌日の朝、俺達は首都から結構離れた場所にある、森の近くへ向かっていた。

「もうすぐ『叫びの森』ね」

「物騒な名前だよな！」

「なんで、そんな名前なんだっけ？」

セオドアがわかりやすく、説明してくれた。

「この森に生息しているゴブリンやオークは、よく人を攫《さら》うだろ？　生け捕りのまま運ばれて、その時に上げた悲鳴がたまに聞こえるから、叫びの森って命名されたんだ」

「最悪だな！」

なんて話しながら進むと、例の森に到着した。

「そろそろ気を引き締めるわよ」

「おう」

俺は返事をし、四方を警戒しながら森に入る。オークの集落はこの森の真ん中を流れる川の上流にあるらしいので、迷わずに進み、数時間後到着した。ちなみに途中でゴブリンに何回か遭遇《そうぐう》したが、セオドアが魔法で吹き飛ばした。

「到着だな」

「まずは私達の魔法で一気に数を減らすわよ」

ディランは上級のストーンバレット、セオドアは上級のウォータージャベリン、アリエットは中級のミニサイクロンで攻撃し、俺はそれをボーっと眺めていた。

「おそらく、あの大きな建物にジェネラルがいるはずだから、出てくる前にもっと数を減らすわよ！」

わらわらとオークが出てきた。その中にはDランクのオークよりも、ランクが一つ上のオークメイジやオークナイトも混ざっている。

ここでディランが、パーティ全体に指示を出す。

「俺が攻撃を耐えるからアリエットとセオドアはメイジとナイト、ユートが普通のオークに攻撃してくれ！」

俺は通常の身体強化を使い、スルスルとオークの巨体の間をすり抜けながら的確に討伐していく。俺は今までもっと高ランクの魔物の相手をしてきたし、有名な覚醒者を剣術縛りで倒したのだ。そのためこんな奴等は俺の目にはほぼ止まって見える上に、軽く星斬りを振っただけで首が飛ぶ。

すぐに普通のオークを討伐し終えたので、手加減をしながら三人の援護をする。

「ユートやるじゃねぇか！　こっちも頼むぜ！」

「おう」

この三人の連携は完璧である。全員結構体力を消耗《しょうもう》しているが、まだ傷は一つもない。セオドアは魔力の残量をきちんと計算しながら魔法を撃っているし、命中率も高い。ディランの防御力もとても高いし、隙を見て放つ上級魔法も結構効《き》いている。

極めつけはアリエットだ。魔法剣士としての質が高すぎる。相手との距離の取り方も上手《うま》いし、相手の弱点を狙えている。綺麗な剣筋で、護りも攻めも得意なようだ。これは魔法剣士の一つの完成系ではないだろうか。

また三人全員が常に一定の距離感を保っており、互いの邪魔にならないように気を付けながら戦闘を行っている。非常に勉強になるな。

このパーティはすぐにランクを駆け上っていくだろうな。

ルーカス、オリビア、リリーの三人が冒険者パーティを組む際に参考になりそうだから、ここでよく観察して帝国に帰ったら教えてやろう。


大体倒し切った後、今更オークジェネラルが怒り心頭な様子で出てきた。

「グオォォォォ！！！！」

オークジェネラルとの戦闘が始まった。


「いや、出てくるの遅くね？」

◆◆◆

オークジェネラルは、なぜか今更出てきた。将軍は三メートルほどの長身で、横幅も結構ある。その丸太よりも太い腕で錆《さ》びた大剣を引きずりながら、建物からノソノソと出てきた。

一見そんなに強そうには見えないが、実は魔法も剣術も器用に扱う厄介《やっかい》なモンスターだ。

Bランクには地竜やワイバーンがいると説明すれば、そのレベルの高さも想像できるだろう。

「油断しちゃだめよ」

ジェネラルはある程度こちらに近づいた後、グッと少し屈《かが》んで地を蹴りものすごい速さで突進してきた。俺とアリエットは回避できたが、ディランとセオドアは回避できなかった。

「セオドア！　俺の後ろに隠れろ！」

セオドアは咄嗟にディランの後ろに避難したが……。

「ガァァ！！！」

と雄叫びを上げながら、ジェネラルは二人を押し潰すように大剣を振り下ろした。

突進の勢いが乗ったその攻撃をまともに受け、二人は潰れたかのように思われたが、

「うぉぉ！！！」

ディランが大きな盾でギリギリ受け止めていた。よく見れば地面が陥没《かんぼつ》している。そのレベルの攻撃を、見事防《ふせ》ぎきったのだ。暫く拮抗していたが、セオドアがジェネラルの顔に向けて、火の中級魔法を飛ばし、怯んだところでディランが剣を弾き飛ばした。

中級魔法では傷一つ付かなかったが、目くらましにはなった。俺とアリエットはその隙を見逃さずに、
ザシュッ
ザシュッ
俺は左足の足首を、アリエットは右手首を狙って斬り裂いた。

「グォォ！」

しかし、ジェネラルが厄介なのはここからなのである。奴は痛みで雄叫びを上げた後、怒り狂った表情でこちらを睨《にら》んできた。そして、

シュゥゥゥゥ

という音と共に、傷が再生した。

そう。オークジェネラルが厄介なのは、高度な治癒魔法を使うところなのだ。

再び突進してきたので、それをディランが受け止め、セオドアが魔法で怯《ひる》ませ、俺とアリエットが斬るという攻撃を何セットか繰り返し、ジェネラルには疲労が見え始めた。

そこで奴は、

「ガァァァァァァァァァァァ！！！！」

という今までとは何か違う咆哮《ほうこう》を上げた。それは森の木々が揺《ゆ》れるほどのもの。

「なんだ？」

俺は一瞬だけ光探知を起動する。すると、ここを中心とした半径一キロほどの距離から、魔物が集まってきていることに気づいた。

「おい！　ここに向かって、魔物がたくさん集まってきている！　少しずつ後退して、森から脱出するぞ！」

三人は焦った様子で、

「わ、わかったわ！」

「おう！」

「わかった」

しかしそれを許すほど、ジェネラルは甘くなかった。アイツは俺達の進行方向を塞《ふさ》ぐような立ち回りで、時間稼ぎをし始めた。俺は天狼の皆を死なせたくはない。でも、もうすぐジェネラルの配下と思われる魔物共が波のように押し寄せてくる。どうしようか。

俺は光速思考を起動し、ほぼ停止した時間の中で落ち着いて考える。

光の攻撃魔法を使ったら正体がバレる可能性がある。そのため俺が使えるのは、身体強化と星斬りのみ。俺が一人でジェネラルを相手して、集まってくる雑魚《ざこ》を天狼に任せればいいか。

「俺が一人でジェネラルを押さえるから、雑魚は頼んだぞ！」

「おい！　正気か？」

俺はその言葉を無視し、単騎でジェネラルに突っ込む。こいつは俺と一対一なら余裕だと思ったのか、ニヤリといやらしい笑みを浮かべ、早速攻撃を仕掛けてきた。

「さあ、久しぶりにあれをやるぞ、星斬り」

ローガンとの戦いで進化した「柔の剣」を使う時が来た。

今の俺なら、ローガンの剣であろうと全てを受け流せる。

こいつの剣筋は大雑把《おおざっぱ》で極めて単調。生まれつき力が強いせいで、技を磨《みが》いて来なかったのだろう。俺を力だけでどうにかしたいなら、最低でもSランクは必要である。この隙《すき》だらけの連続攻撃にどのタイミングでカウンターを仕掛けようか考える。後ろで戦っている天狼がもう

少しで全ての魔物を倒し終えそうなので、俺もそろそろ終わらせようか。〕

ジェネラルは焦る。目の前の若い人間のオス一匹をさっさと始末して、あっちの人間のメスを持って帰ろうと思っていたのに、なぜか自分が追い詰められている。どんなに力を込めて剣を振っても、当たった瞬間魔法のように受け流される。全く意味がわからない。今までの敵とは明らかにレベルが違う。さすがに少し焦ってきた。急がないと後ろの人間共が加勢してしまう。その前にこいつを叩き斬らなければ……。

上からの振り下ろしで目の前のオスを仕留めようと思い、力いっぱい大剣を振るう。

「グオォォォォ！！！」

しかしそれも簡単に横に受け流され、得物《えもの》が地面にめり込み、姿勢が崩れてしまった。

その瞬間、視界が反転した。

ポトリ

「ふぅ、終わったな」

後ろをチラリと見ると、天狼の奴等もオークやゴブリンなどの魔物を、ちょうど倒し終えたところだった。

「そっちも終わったみたいだな。おつかれ」

「おつかれじゃねぇよ！　一人で突っ込みやがって！　心配しただろうが！」

「でも、ああするしかなかっただろ」

「そうだけどよ……」

「ユートありがとうね、助かったわ」

「ありがとう。マジで死ぬかと思った……」

「気にするな」

なんやかんやで三人とも命拾いしたので、安心しているようだ。

「あなたどうやって倒したのよ」

「あいつが大剣を振り下ろした時に回避したら、たまたま地面に刺さったんだ」

「その隙に首を落としたわけね」

「前屈《かが》みになって体勢も崩れていたしな、あのデブ」

「デブって……」

「今回は完全に運が悪かったな」

「そうね」

その後、ジェネラルを含めた魔物の亡骸から素材を剥《は》ぎ取り、マジックバッグに詰めて帰路についた。かなりの値段になるのは確定なので、三人はホクホク顔で歩いていた。現金な奴等である。

首都に帰り、依頼達成の手続きを済ませるためにギルド本部へ向かった。時刻はすでに夕方だが、相変わらず冒険者で溢れかえっていた。手続きを済ませた後、俺達は天狼行きつけの酒場で打ち上げをすることになったため、階段を下り一階へ行くと、何やらザワザワとしていた。

「ん？　何があったんだ？」

「ユート、今あそこでSランクパーティと雑談している人がいるでしょ？　彼が連邦を代表するSSランク冒険者、マックスよ」

「ふーん。アイツが重力の覚醒者である、SSランク冒険者なのか」

魔力は覚えたからな。精々、残り少ない余生を楽しんでくれ。

そんなことを考えていると、一瞬遠くにいるアイツと目が合った気がした。

「……気のせいか」

◆◆◆

首都の某酒場にて。

「カンパーイ！！！」

「「乾杯」」

「今日はユートのおかげで生き残れたんだ！　さあ飲め飲めぇ！」

「おう」

暫く雑談をしながら酒を楽しんでいると、頬を紅潮させたアリエットが問いかけた。

「っていうか、なんでユートはまだCランクなのよ」

「俺も同じことを考えてた」

正直これについては聞かれると思っていたので、すでに答えは準備してある。

「今日は相手との相性が良かったから倒せただけだぞ。俺は魔法が苦手だから、ワイバーンとかが相手だと何もできないからな」

「今まで誰もパーティに入れてくれなかったの？」

「ああ。戦闘で魔法が使えないっていうのは、そのくらいマイナスなんだと思う」

「じゃあうちのパーティに入りなさい。歓迎するわよ？」

ディラン達も即座に同意した。

「そうだぞ！」

「俺もユートを気に入っている」

「ありがたい話だが遠慮しておく。一人の方が気楽なんだ」

と言うと、三人は残念そうな表情をした。なんか申し訳ない気持ちになる。

「……残念ね。でも私達はいつでも歓迎するから、気が向いたらすぐに声を掛けなさいね」

「ちぇっ。ユートとまた冒険できると思ったのになぁ」

「いつでも待ってるからな」

「おう、ありがとな。天狼は全員いい奴等だ。本当に」

「うへへへ」

「ディラン顔キモいぞ」

「キモいって言うなよ！」

暫く談笑した後、俺は早めに切り上げ、その足で諜報部に報告へ行った。

◆◆◆

俺が抜けた後も、天狼は打ち上げを続けていた。

「ねぇ。ユートって、本当に何者なのかしら。私、戦闘中に心配で少しユートの様子を窺っていたけど、あれは只者じゃないわよ」

「ユートの魔法が苦手っていうのも、正直怪しい」

「俺達に隠しごとするなんて、水臭ぇよな！」

「ていうかSSランク冒険者に憧れているとか言ってた割に、マックスを見た時の反応が悪かったわ」

「普通に殺意の籠った目で見ていたな」

「ライバル視してるんじゃねぇか？」

「確かにまだ若いもんね」

「それもそうだな。ユートは大人っぽいし身長も高いから、忘れていた」

「何歳なんだろうな？　今度聞いてみようぜ！」

三人とも酒を飲んでいるので、徐々にヒートアップしてきた。

「私の姉って、連邦軍で働いているじゃない？　前酔《よ》った勢いでベラベラ語っていたのだけど、カーターの襲撃事件の後、すぐにチェスター男爵領でも襲撃事件が起こったらしいわよ」

「どうせ帝国のスパイがやったんだろ。まだ捕まっていないことを考えると、相当優秀で腕がたつな」

「そういえば、カーターの襲撃事件があった翌朝に、ユートと会ったんだよな！　その話を聞かせてくれって」

「まさかユートがスパイだったりね」

「それはないだろう」

「ユートはいい奴だからな！　絶対ないぞ！」

「でも、連邦で英雄的ポジションのSSランク冒険者にあんな目を向けないわよ、普通」

「若気《わかげ》の至りってやつだ」

「そうだぞ！　ユートは俺の弟子みたいなもんだからな！」

「「それはない（わ）」」

「え？」

解散後、夜中の大通りにて。

「ちょっと飲みすぎたわ……」

先ほどの会話中に思い出したけど、ユートはこの前SSランク冒険者の情報を執拗《しつよう》に聞きたがっていたわね。いくら憧れているからって、覚醒者の戦闘スタイルを聞いたところで一体何になるのかしら。覚醒者は属性魔法が使えないことで有名だから、一般人が戦闘スタイルを真似することなんてできないのに。

「ユートも属性魔法が苦手なのよね。実は覚醒者だったり……そんなわけないわ。何言ってるのかしら、私」

考えれば考えるほど、ユートは謎に包まれている。

「ん？　夜中なのに人だかりができているわ。ああ、吟遊詩人が謳《うた》っているのね。酔い覚ましに、少し寄って行こうかしら」

〈かの冒険者は閃光と呼ばれ、迅雷を纏う黒馬に跨る。さらにその魔法は全てを滅し、その剣は星を斬る。また、その逆鱗《げきりん》に触れるべからず。さもなくば天に住まう神々が怒り、忽《たちま》ち世界は終焉を迎えるだろう〉

「閃光ね……」

なぜだかわからないが、アリエットの頭の中にユートの横顔が思い浮かんだのであった。

◆◆◆

俺はあの日から毎日、連邦の首都レクセンブルクの冒険者ギルド本部の近くに潜伏し、SSランク冒険者で重力の覚醒者、マックスが再び現れるのを待っていた。ちなみに潜伏していたのは、ギルドと大通りを挟んだ向かい側にある大図書館である。

「帝都の大図書館には置いてない本がたくさんあって、意外と楽しい」

俺はいろいろな本を読みながら常に光探知を起動させ、マックスが来るのを、今か今かと待っていた。奴の魔力は覚えたので、探知範囲内に入れば一瞬で気づくことができる。

「奴は連邦の英雄らしいが、帝国のために絶対に始末しよう」

何度かギルド本部にも赴《おもむ》いて、現地の冒険者からマックスについての情報を集めた。連邦の英雄と言われるだけあって、奴についての話を聞かせてくれと頼んだら、皆嬉々《きき》として語ってくれたのだ。マックスが魔物の氾濫《はんらん》を一人で鎮《しず》めたことや、Sランクの魔物をソロで倒したことを自分の武勇伝のように教えてくれた。

その上マックスは相当愛国心が強いらしく、連邦を守るために戦争は毎回参加するらしい。

「今回はお前等が攻めてきてるんだけどな」

前回の帝国との小競《こぜ》り合いは十五年ほど前だったので、さすがにマックスは参加していなかったらしいが、三年後の総力戦には必ず参加するだろう。

普通なら三年という長い時間をかけて、作戦を練ってから奴を襲撃する。ＳＳランク冒険者とは圧倒的強者のため、本来そういうものなのだ。しかし、俺はさっさと帝国に帰りたいので、アイツが現れた日に暗殺すると決めている。

「ＳＳランク冒険者が急に消えたら、大騒ぎになるだろうな」

もしかしたら、三週間後に開かれる強硬派の会議の日時が変更されるかも知れない。早まる分にはいいのだが、延期だけは勘弁してほしい。

あと今更なのだが、カナン大帝国で今年開かれるはずだった帝龍祭も、戦争が終わるまで延期になるとマルコが言っていた。当たり前のことだが少し残念だ。

それから二日後、ようやく探知に反応があった。

「やっと来たか」

俺は大図書館を出てから光学迷彩を起動し、魔力を抑えて隠密状態になった。そのままギルド本部に入ってから三階に上がり、隅でマックスの様子を窺《うかが》う。

奴は高ランク冒険者専用の受付で依頼を受けて、その後二階へ下りて行った。俺はさっき受付嬢が持っていた依頼書を確認するため受付の中に侵入し、引き出しの中から取り出して、それを確認した。

「Ｓランクモンスター、ウロボロスの討伐か。好都合だな」

ウロボロスとの戦闘中に奴を暗殺して、依頼を失敗したことにしよう。ＳＳランク冒険者が

Sランクモンスターに負けることは基本的にないので怪しまれるかも知れないが、それが一番効率が良い。

急いで一階に下りると、マックスは冒険者の集団に囲まれて談笑していた。そしてその集団の中には俺の知り合いである、天狼の三名も混ざっていた。半刻ほど経ち、マックスは解放されて冒険者ギルド本部を出た。

俺も後を追い、前から来た天狼とすれ違う。

「いやぁ、ついに憧れのマックスさんと喋っちまったぜ！　ユートに自慢してやろ！」

「知り合いがマックスさんと立ち話をしていたから、思わず突撃しちゃったけど、結果オーライね」

「案外気さくで良い人だった」

これが終わればもう首都の冒険者ギルドを訪れるつもりはないので、再び天狼と会えるかはわからない。

天狼の皆に申し訳なさを感じながら、ギルドを出て追跡を開始する。

マックスは呑気に大通りを歩きながら、首都の大門を潜り抜けた。有名人なのでたくさんの人に声を掛けられていたが、笑顔で返事していた。奴が他の冒険者から慕われている理由がわかる。

首都を出たマックスはものすごい速さで駆け、依頼のあった村へ向かった。俺も一キロの距離を保《たも》ちながら、同じ速さで追いかける。その村の近くにニーズヘッグと呼ばれるBランクの大型蛇モンスターの生息地がある。そこの個体が進化し、ウロボロスになったと考えられる。まだどこも襲われていないので、生息地から出て「ながれの魔物」になる前に討伐するのがマックスの人生最後の仕事である。

「最近は暗殺者みたいなことしかしてないな、俺」

ハァと、溜息をつきながら走り続ける。二時間ほど走った後、マックスは休憩をするようなので俺も休憩する。

「俺もしかして、アイツにバレてないか？」

なんとなく、何者かに魔力を探られている気がする。固有魔法重力なら魔力はほぼ無限だろうし、探知もできるだろう。俺の場合、僅かな光さえあれば、それらが可能だ。重力はこの世界でも常に働いているため、俺と同様、重力の覚醒者は魔力回復も、探知もできると考えられる。

「この距離で魔法を飛ばしても絶対に避けられるし、暫くは今まで通りこの距離を保ったまま追走するか」

現在、マックスは座りながらサンドイッチを食べており、俺は遠くの木の上から拡大鏡でそれを眺めていた。

「あ〜、本人は気づいてないフリをしているが、完全に気づかれてるな」

たまに横目でチラッと、こちらを確認している。だが俺が何者かは、未だにバレてはいないと思うので、やることは結局変わらない。

その後、さらに三時間ほど走り続けてようやく目的地に到達した。マックスは最寄《もよ》りの村に寄って依頼の確認をした後、すぐにニーズヘッグの生息地に向かった。

予定通りマックスがウロボロスと戦い始め、辺りに戦闘音が響き渡る。

「俺の光鎧と同じように、重力の魔力を纏っている。情報通りだ」

ウロボロスが十八番《おはこ》である水魔法を撃つが重力で地面に落ち、マックスまで届かない。奴はウロボロス自体にも重力をかなりかけているようで、一方的にタコ殴りしている。ウロボロスを中心として、クレーターが出来上がるほど強い重力がかかっている。

「そろそろだな」

万が一ウロボロスが死んでしまったらマックスを殺した犯人がいなくなるので、攻撃を開始するなら今がベストだ。

俺は光速思考と光探知で、マックスの座標をロックオンする。

「光の矢、百重展開」

百本の殺戮の矢が、標的に向かう。

するとマックスはこちらに振り返り、右手を前に出して魔法を構築した。

「ブラックホール」

全ての光の矢が、禍々《まがまが》しい漆黒の玉に吸い込まれた。

俺はそれを確認した後、五十メートルほどの距離まで接近し、そこで立ち止まり口を開く。

「お前、転生者だろ」

「そっちこそね」

「さすがに、ブラックホールはないわ。名前で転生者って、すぐにバレるだろ」

「あはは！　そうだね」

と言い、嬉しそうに笑った。

少し沈黙しながら、睨み合う。

「で、やるのか？」

「どちらでも」

俺は笑みを浮かべて星斬りを抜刀し、光鎧を起動する。

ああ、俺はこの時を待っていた。自分の全力をぶつけられる相手を、ずっと欲していた。マックスも同じことを考えていたようで、例の身体強化を再起動した。

まずはマックスが地を蹴り、音速を超える速度で突進してきた。己にかかる重力をゼロにしているのだろう。器用なものである。

繰り出されるのは、普通のパンチ。だが、そのパワーは計り知れない。

俺は星斬りの腹でそれを受け流す。その風圧だけで俺の後ろの木々が地面ごと吹き飛び、森に数十メートルの穴が開く。

マックスはニヤリと笑い、そのまま破壊の拳を連続で放ってきた。時には、フェイントと蹴りも混ぜて翻弄《ほんろう》してくる。これほど速くて重い一撃を連続で受けるのは、初めてだ。ぶっちゃけ、純粋な戦闘力だけを考慮すれば、ローガンよりも数段上の存在だ。

なんという強敵。なんという幸運。これほど楽しい戦いは初めてかも知れない。

血が沸騰《ふっとう》し、アドレナリンがマグマのように噴き出す。

次に俺が攻撃に転じ、「攻めの剣」で斬り込む。格闘術と剣術の間合いは全然違うので、近距離戦はこちらに軍配が上がる。

ここで星斬りが猛威を振るい、マックスに少しずつ傷が増えていく。

「くっ！」

苦しそうな顔をしながら、マックスは一度後退する。

「ハァハァ、なかなかやるね。剣術もヤバいし、剣自体のスペックも相当高い」

「自慢の剣だからな」

これればかりは星斬りと、俺を進化させてくれたローガンに感謝である。

「最近大陸で話題沸騰中の閃光って、君のことでしょ？」

「さぁな」

気が付けば戦いの余波で、辺りは焦土《しょうど》と化しており、その隙にウロボロスも逃げたようだ。

「じゃあこれはどうかな？　ギガグラビティ」

「⁉」

身体が急激に重くなった。光鎧を起動していても、動きの速度がかなり落ちている。

「今君には、普段の二十倍の重力が掛かっているからね。まともに動けているだけでも、すごいと思うよ！」

と言い、再び猛攻を仕掛けてきた。

「くそっ……思うように体が動かん……！」

こんな状態では、到底相手の攻撃など捌《さば》ききれない。

「あははは っ！ どんどん行くよ！」

鈍痛《どんつう》とともに、身体中に打撲痕《だぼくこん》が増えていく。

その攻防はかなり長く続いた。

俺はなんとか死に物狂いで防ぎ切ったものの、身体中が傷だらけになり、体力も精神もごっそりと削られてしまった。現在地面に片膝をつき、息を整えながら敵に視線を向けている。

「随分と嬉しそうな顔をしているな」

「やっぱり僕が最強なんだって、再確認できたからね！ あははっ‼」

性格悪いな。戦っている相手に対し、全く敬意を払えないような、俺が一番嫌いなタイプだ。

ローガンとは大違いだな。

俺はこの性悪男に目掛けて星斬りを振り、斬撃を放つ。

「三日月」

「うわっ、危ないなぁ。斬撃も飛ばせるんだね、アニメみたい！」

間一髪で避けられた。

「ちっ」

「じゃあ、次はこっちの番だね！　次の一撃で、終わらせてあげるよ！」

俺は光速思考を起動し、魔力を練る。

「ロンギヌスの槍、百重展開」

「ブラックホール！」

百の閃光は、圧倒的な闇に吸い込まれる。また闇はそれを吸い込んだ後、こちらに飛んできた。

「ほら！　早くどうにかしないと、飲み込まれて死んじゃうよ！　頑張って！」

ケラケラと笑いながら、俺を捲《まく》し立ててくる。

歯を食いしばりながら重い体を動かし、居合斬りの姿勢を取る。光速思考を起動したまま、五感と集中力を高める。すると静かな魔力が溢れ出し、星斬りと一体化する。

そして。

「次元斬り」

次元ごとブラックホールを斬った。

「だよね！　君ならそれができると、信じてたよ！」

するとう、半分に割れたブラックホールの間から、マックスが拳を構えて飛び出してきた。

この戦いはなんて楽しいのだろう。自慢の魔法も全て無力化され、剣もほとんど使えない上に回避もできない。相手は心底ムカつく態度をとってくるが、その実力が類《たぐ》い稀《まれ》なことには違いない。今までで一番追い詰められている状況で、なぜか俺は歓喜していた。

「死ねぇぇぇ！！！！」

顔面に拳が当たる瞬間、世界が停止する。

「解放」

同時に俺の魔臓から、圧倒的な閃光の魔力が溢れ出した。それは一本の奔流《ほんりゅう》となり、全身を駆け巡る。瞬く間に閃光鎧を展開し、その拳を回避する。今の俺に追いつける者は、世界に存在しない。

光の速さで、閃光の魔力を練る。

そして時間が止まった世界の中で、マックスにゆっくりと右手を向けて呟く。

【天叢雲剣《アマノムラクモノツルギ》】

刹那、右手から巨大な閃光剣が放たれ、大陸の一部が世界から消えた。

「マックスを近くの山ごと消してしまったが、ウロボロスのせいにできるかな」

◆◆◆

天叢雲剣は天照の範囲を狭めて、威力を高くしたものだ。

天照は範囲が広すぎて危険なため、上から下にしか撃てないが、天叢雲剣であれば横に撃てるのである。

その結果、剣の形をした巨大な閃光は、激しい轟音と共に地上を駆け抜け、雲まで届くほど高く聳《そび》え立っていた山を根元から削り、地平線の彼方《かなた》へと消えていった。

「俺に『解放』させるなんて、やるじゃないか」

予定通り仕事が終わったので、ここに人が来る前に首都へ帰る。

「久しぶりに楽しかったぞ、マックス」

「お前、猫被《かぶ》るタイプだから嫌いだけど」

◆◆◆

ＳＳランク冒険者マックスと激闘を繰り広げた後、俺は宿屋に帰らず諜報部の合同基地を訪れていた。行きはマックスのペースに合わせていたが、帰りは自分のペースで走ったので二時間ほどで首都に到着した。音と光がここまで届いていたらしく、調査のために派遣された軍隊とすれ違った。大体千人はいたと思う。ご苦労さんである。

諜報部合同基地にて。

「アルテ様、本日もご足労いただきありがとうございます」

「おう、マルコもお疲れ」

「先ほどの広域魔法は、アルテ様の仕業《しわざ》ですね？」

「ああ。重力の覚醒者であるＳＳランク冒険者を、始末してきた」

「さすがです。まだ強硬派の会議まで、大分余裕があるのに」

「あまり驚いてないんだな」

「誰よりも信頼していますので」

「そうか」

その後、マルコが書類の束《たば》を持ってきたので目を通し、ここ最近の情報を全て頭に入れた。俺はカーターやリングストンを襲撃し、海軍基地も一つ壊滅させた。その際に覚醒者を十人以上始末しているので、連邦は今かなり焦っているようだ。

「焦っている割には、頑なに戦争をやめようとしないな。どんだけ亜人が嫌いなんだよ」

「まだ、我々が掴めてない情報があるのかも知れませんね」

「他に戦争を左右するような、切り札があるってことか？」

「そうです。今回SSランク冒険者を一人失いましたが、もしこれで諦めないようであれば、他に特別な戦力を抱えているのは確実だと考えられます」

「だよなぁ。強硬派がただの馬鹿集団なら、穏健派を飲み込めるわけないし」

「本当に面倒くさい連中ですね」

「全くだ」

「あと三週間ほどありますが、アルテ様はどう過ごされますか？」

「さっきの戦闘で、俺が連邦に侵入していることに気づかれたかもしれないから、当分は動かないつもりだ」

「確かに、今はそれが最善ですな。では連邦の動きが変わり次第、宿屋に諜報員を送りますね」

「助かる。諜報部はこれからが一番忙しくなるだろうから、頑張ってくれ。何かあったら手を貸す」

「ありがとうございます。アルテ様もお気をつけて」

「ああ」

他の諜報員とも情報のやり取りをした後、宿屋に真っすぐ帰った。

俺の予想だと、連邦はまだ何か隠し玉を持っていることは確定である。奴等は平気で非人道的な研究をしていそうなので、危険な魔法薬を開発しているかも知れないし、命と引き換えに作動させる魔導具なんかを製造しているのかも知れない。考え始めたらキリがないな。

数日後、俺は心配になったので、再び諜報部に籠《こも》って資料を読み漁った。

「やはり、他に強力な覚醒者を抱えているとしか思えん」

先日俺の宿屋に訪れた諜報部の使いから、連邦の強硬派が戦争を中止しないと決定した話を聞いた。

この世界の戦争は量より質を重視するので、連邦は重力の覚醒者以外に強力な戦力を抱えている、という結論に至った俺は、現在資料部屋に籠っているわけだ。

「完全に秘匿《ひとく》されていたら、マズいな」

覚醒者は核兵器と同じで、他国への抑止力としての効力が大きい。そのため大々的に発表する国が多いのだが、もちろん全員を表舞台に上げるわけではない。

「これで全員か。戦争を覆す力を持つような覚醒者は、いなかったな」

するとそこへ、マルコがやってきた。

「アルテ様！　今よろしいでしょうか⁉」

「ちょうど終わったところだ」

「約二週間後に予定されていた、連邦最高評議会が延期になりました！」

「最悪だ……」

「次の開催は、少なくとも一年半以上先になるようです」

「さすがに警戒されているな」

首都周辺で俺が三回も襲撃事件を起こしている上に、何日か前に最大戦力のSSランク冒険者が消失してしまったのだ。こんな時に、首都のド真ん中で会議をする勇気はなかったのだろう。

「まぁ、当たり前といえば当たり前なんだけどな。例の会議が一年半以上先になるのなら、そろそろ帝国に帰るか」

「了解しました。私は暫くここに残るので、何かありましたら書簡を届けてくださいね」

「おう。今回はマルコに世話になった。ありがとな」

「こちらこそです。帰りも馬車を手配しておきますね」

「わかった。では」

「ええ。お気をつけて」

今回の仕事は一応成功だが、何か心残りがあるまま終わりを迎えた。このまま連邦に滞在しても俺ができることはないので、大人しく馬車に揺られて帰ることにした。

◆◆◆

同刻、アルメリア連邦の首都にある城の一室で、首長のサイラス・フレーゲルは帝国に対する不満を漏らしていた。

「チッ。やってくれたな帝国め」

「野蛮《やばん》で薄汚い亜人を抱えている分際で、我等の邪魔ばかりしてきて鬱陶《うっとう》しいですな」

「ここから見えた広域魔法は、おそらく閃光の魔法だろう。どうせカーターから始まった三つの襲撃事件も、全て奴の仕業だ」

「奴には飛竜部隊と一つの海軍基地を潰されてしまいましたが、我等の本当の作戦には気づいていないようです」

「くっくっく、その通りだ。今回潰された戦力は、我々にとってほんの一部でしかない。もちろんＳＳランク冒険者も含めてな」

「もしかしたら、帝国はすでに勝った気でいるかも知れませんね」

「はっはっは！　三年後が楽しみだ！　連邦が勝利した暁には、亜人共を皆殺しにしようではないか！」

「奴等がどんな顔で命乞《ご》いするのか、想像しただけでゾクゾクしますねぇ」

「あと三年は忙しくなるぞ。お前も仕事で手を抜くなよ」

「はっ、了解しました。では私はこれで」

サイラスの話し相手をしていた部下の男は、その言葉を最後にどこかへ転移した。

「最近は帝国のせいでストレスが溜まってしょうがない。さっさと屋敷へ帰って、以前攫《さら》ってきた亜人を拷問《ごうもん》するか。今日も精々、良い声で鳴いてくれよ？」

連邦の首長であるサイラスは、昔から大の亜人嫌いであった。その結果、亜人を拷問してストレスを発散することが、日課になっていた。本人は趣味程度にしか思っていないが、すでに何人か潰してしまっていることを考慮すると、かなり残虐《ざんぎゃく》的である。

屋敷へ向かう馬車の中で、サイラスは厭《いや》らしい笑みを浮かべながら呟く。

「帝国なんて属国にする必要もない。徹底的に滅ぼしてやる。くくく……」

◆◆◆

ついさっき、俺はブリーク伯爵領領都カーターに到着し、宿屋で昼食をとっていた。

アルメリア連邦は強硬派が腐っているだけで、食文化のレベルはカナンと同じくらい高い。でも少し味付けが違うので、そろそろ故郷の飯が恋しくなってきた。あとは大渓谷を通るだけなので、もう少しの辛抱である。

「皆、元気にしてるかな」

俺は家族や友人、知人の顔を思い浮かべる。気が付けば連邦に来てから、すでに三ヵ月ほど経《た》っているのか。こちらでも親しい知人ができたのは、不幸中の幸いだな。

「あ、天狼に別れの挨拶するの忘れてた」

その頃、首都レクセンブルク冒険者ギルド本部の酒場にて。

「ここ一ヵ月、ユートが見当たらねぇ！」

「確かに、あの日から会ってないわね」

「マックスさんが消失した日か」

「そうよ」

本部の高ランク冒険者パーティも事件の調査に駆り出されていたので、天狼も事件が起こった場所を訪れていたのである。

「そういえば、山が根元から綺麗に削り取られていたな！」

「ええ。まるで何かに貫《つらぬ》かれたかのようだったわね」

「最近、帝国で謳《うた》われている閃光の仕業《しわざ》ではないかと、噂されていたぞ」

「えっ⁉　あれ人間がやったのか？」

「あれが魔法なら間違いなく禁忌級以上ね」

「マックスさんは、本当に死んでしまったのかもしれんな」

「それが事実なら、俺は閃光を絶対に許さねぇ！！！」

「ユートは無事だろうか」

「無事だといいわねぇ……」

アリエットはユートと打ち上げをした日の夜、吟遊詩人が閃光について謳《うた》っていたのを思い出した。

「かの冒険者は閃光と呼ばれ、又その逆鱗に触れるべからず。さもなくば、天に住まう神々が怒り、忽ち世界は終焉を迎えるだろう。だっけ」

「ん？　なんだそれ？」

「この前、吟遊詩人が閃光について謳《うた》ってたのを思い出したの」

「俺が初めてそれを聞いた時は誇張かと思ったが、真実なのかも知れん」

「なぜか今ユートが思い浮かんだぞ！」

「実は私も」

「俺も」

「ま、そんなわけねぇか！」

「まさか……ね」

「まさかな」

次、Cランク冒険者ユートが天狼と出会えるのは、いつになるのだろうか。それは誰にもわからない。

◆◆◆

「ハックション！　誰か俺の噂でもしているのか？」

それから約一週間後。

「お帰りなさい！　アル兄様！」

「お帰りなさいませ、アル様」

「ブルルル」

「ああ、皆ただいま」

親父と母ちゃんは軍の建物にいるそうなので、夕食で再会することに。

その夜。レイが風呂で出ていった後、今回の報告をした。

「そうか、結局転移持ちは始末し損ねたか」

「でも対の魔法陣を見つけたし、飛竜部隊も全滅させたんでしょ？　しかも、ＳＳランク冒険者も一人倒したんだから、別にいいじゃないの」

「どうやらアル自身、一皮むけたみたいだしな」

「わかるのか？」

「当たり前だ」

「実は剣仙ローガンと戦ったんだ」

「なるほど、それが理由か」

「そう」

暫く、連邦に潜入していた際のことを詳細に話した。

「本題はここからなんだが、連邦はまだ強力な戦力を隠していると思う」

「だろうな。じゃなきゃ戦争なんてとっくに諦めてる」

「どうせまだ覚醒者を隠しているんじゃない？」

「俺もそう考えたけど、完全に秘匿されているみたいで、情報が全く掴めないんだ」

「さすがにそれは帝国に任せて、暫く休みなさいな」

「アルは頑張りすぎだぞ。一週間は休んだ方がいい」

「じゃあ、エクスとゴロゴロするわ」

あと一年は帝国にいる予定なので、今はゆっくりしようと思う。

その後、俺は庭で夜空を見上げていた。

「普通の貴族子女なら、今年中に相手を見つけて婚姻を結ぶんだよな。」

「ブルルル」

「少しは興味を持ってくれよ……」

戦争も恋愛も長い戦いになりそうである。


レイはアルテのその呟きを、物陰からこっそりと聞いていた。

「アル兄様がついに……！」


「私も負けてられないね」

という言葉を残し、その場から去った。

第25話：レイとのダンジョン攻略デート

俺はアルメリア連邦への潜入作戦を完遂《かんすい》し、無事バルクッドへと帰ってくることができた。

両親から『アルは最近頑張りすぎだから、少し休め』という助言をもらったので、俺はその言葉に甘え、一週間ほど実家でぬくぬく過ごすことに決めた。

以前少し説明したが、バルクッドには数多の商人や冒険者が集まるので、様々な情報が集まる。人の流れとは、金の流れであり、情報の流れでもあるのだ。

そこで自分自身でも少し聞き込み調査をしてみたところ、商人たちは連邦で起きた事件について、割と知っていた。そのことから、政府は現在戦力をかき集めることに集中しすぎて、情報統制を怠《おこた》っていることがわかる。そこそこ良い人材が揃っているのに、本当にもったいないと思う。詰めが甘いというか、なんというか……。

まぁ、帝国としては、そっちの方がかなりありがたいのだが。

ここ数日は変装し、聞き込み調査をしつつ、趣味の一つである隠れカフェ巡りをしたり、ドワーフのおっちゃんにダル絡みをしに行ったりと、だいぶリフレッシュすることができた。

帝都アデルハイドや首都レクセンブルクよりも、やはり故郷であるバルクッドが一番である。

規模はこの二都市に負けるが、住みやすさや美味い食事店の数、そして住民の親切さなどを加味すれば、普通に世界一の都市だと断言できる。ただ唯一の弱点としては、海に面していないことなどが挙げられる。

要するに何が言いたいのかと言えば……。

「どうにかして、バルクッドでも新鮮な魚介類をたらふく食べられるようにしたいよな、エクス」

「ブルルル」

まぁ、マジックバッグを利用すればできなくもないんだが、そういうことじゃない。

せっかくなら、バルクッドの住民全員に行き渡らせたいのである。

じゃあどうすればいいのか。

まず俺が真っ先に思いついたのは、海のダンジョンだ。たしか海のダンジョンには、魔物以外の生物も生息していたはず。つまり普通のお魚さん達も捕《と》れる。

バルクッドの周辺にそんなダンジョンがあれば嬉しいのだが……。

というわけで、今日はその辺の情報に一番詳しいであろう人物に、会いに行くことにした。

「久々に顔を見せたと思えば、また変なことを企んでいるようね」

「これもバルクッドの皆に、新鮮な海の幸を供給するためだ」

「それもそうだけど……」

バルクッド冒険者ギルド支部長、メリルである。ちなみにさっき、受付嬢のアンジェや獅子王の爪にも挨拶をしてきた。皆いい意味で変わってなかったので、安心した。

腕を組み、眉間《みけん》にしわを寄せているメリルに問う。

「で、あるのか？　海のダンジョンは」

「一応ないこともないんだけど……」

「どういうことだ？」

「単刀直入に言わせてもらうと、人気がなさすぎて、過去数百年の間、閉鎖状態なのよねぇ」

「あ～」

「一から説明させてもらうわね」

メリル曰《いわ》く、発見された当初は大盛り上がりで、たくさんの冒険者達で賑わっていた。しかし、海から遠い場所に住んでいる、一般冒険者には少々難易度が高すぎた。

仮に小舟を作って海面に浮かべても、一瞬で魔物に破壊される。かといって、砂浜を歩いているだけでは魔物に遭遇しない。また海釣りは難易度が高いため、成果が出し辛い。そもそも魔物の襲撃におびえながら釣りをするのは、すこぶる効率が悪い。そのため、徐々に冒険者達の足が遠のいていき、閑古鳥《かんこどり》が鳴いてしまったらしい。

そしてついに命知らずな新人冒険者パーティが潜り、行方不明になってしまったため、ギルドは閉鎖処置を施《ほどこ》したと。また閉鎖したのは遥か昔の話なので、ギルドにも少しの文献しか残っていないらしい。一応メリルは知ってはいたものの、触らぬ神に祟《たた》りなしの精神で、今まで放置していたというわけだな。

「もしそのダンジョンで、効率の良い漁法が確立できれば、バルクッドはひと際賑《にぎ》わうだろうな。大きな船が必要であれば、アインズベルク侯爵家が職人を派遣するし、なんなら直接街道をつないでも良い」

「カイン様に無断でそんな大規模作戦を立てても大丈夫なの？」

「一応話は通しておくから安心してくれ」

「そう。じゃあいいわ。アルテ君には『帝蟲の巣』の件でもお世話になったし、特別に許可をあげる」

「感謝する」

メリルに調査許可をもらった俺は、約束通り、一度親父に話を通しに行くことにした。

この時間帯はいつも侯爵軍の訓練場で、黒龍騎士団員達をしごいているため、直接現場へ向かう。

「お～、今日も良い悲鳴が聞こえる。通常運転だな」

「おらおらぁ！　この程度で音を上げるな！　それではゴブリン一匹倒せんぞ⁉」

「ひぃぃぃ！　も、もう勘弁してくださ……い……」

あ、今一人死んだ。

「今日もやってるなぁ」

「お、アルじゃないか！　昔のように、訓練に参加しに来たのか？」

顔見知りの騎士達もゾロゾロと駆け寄ってきた。

「アルテ様」

「なんと。お久しい」

「また凛々《りり》しくなられましたな。さすが我等の閃光様だ」

「皆久しぶりだな。でも今日は訓練に参加しに来たわけではないんだ、すまん。親父に相談事があって寄らせてもらった」

「そうか。では早速聞かせてくれ」

現在黒龍騎士に囲まれている状態だが、まぁ聞かれてもいいか。彼等はアインズベルクに忠誠を誓《ちか》ってくれた者達だしな。

「バルクッドでは新鮮な魚介類は高級品だろ？」

「そうだな。昔からの悩みの種だ。一般市民には申し訳なく思っている」

「それは遠い海から運んでくるから、時間も金もかかるわけであって、海のダンジョンを漁場に改造してしまえば、この城郭《じょうかく》都市でも比較的簡単に、安定して流通させることができるんじゃないかと思う」

「……その手があったか。でもバルクッド近郊に海のダンジョンはなかったはずだぞ？」

「さっきギルド支部長のメリルに聞いたら、数百年前に一つだけ見つかったそうだ。ずっと閉鎖状態だから、現地の住民にも忘れ去られるレベルらしい。きちんと許可をもらったから、少し調査してくるわ」

「そうだったのか……もしそれが実現すれば、革命が起きるぞ」

騎士達もウンウンと頷いている。やっぱ皆新鮮な魚を食べたかったようだ。

「その時のために、あらかじめ職人に声を掛けてくれると助かる。できればアインズベルクとつながりのある、現役の船大工がいい」

「よし、わかった。今すぐに使いを送ろう」

「頼んだ。じゃあ早速俺は調査に行ってくる」

そっちの話は親父に任せ、俺は訓練場を去った。


侯爵邸の自室で身支度《みじたく》を整えていると。

コンコン
「誰だ?」

「私だよ〜」

「おお、レイか。入っていいぞ」

「お邪魔しま〜す」

ガチャ

「どうしたんだ？」

「いや～。さっき騎士さんから、アル兄様が海のダンジョンに行くって聞いてさ」

いくらなんでも情報を掴《つか》むのが早すぎるだろう。普通に驚いた。

「よく知っているな。今その準備をしているところなんだ」

「あの～私も行っていい？」

「……数百年間閉ざされていた、未知のダンジョンだぞ？」

「きっとお兄様が守ってくれるから大丈夫だよ！」

「それもそうだが……」

「それに以前、実践訓練という名の魔物狩りに連れて行ってくれるって言ってたでしょ？　だからちょうどいいかなって！」

「ふむ……」

「どうかな？」

レイを危険地帯に連れて行きたくないという思いと、何とかして望みを叶えてやりたいという思いが、俺の脳内でせめぎ合っている。一体どうしたものか。

もし俺一人であれば、心を鬼にして断っていたかも知れないが、Sランクのエクスもいるなら大丈夫だな。最悪、俺が囮になっている間に、逃げてもらえばいい。

レイは不安そうに俺を見ている。

「……よし。急いで準備を整えてくるんだ。すぐに出発するからな」

「やったー！！！」

決して、愛する妹の誘惑に負けたわけではないからな。

今年行われる学園入学試験に向けて、実戦経験を積んでもらうためだからな。

その後、母ちゃんにきちんと事の旨を伝えた。

そして俺とレイはエクスに跨り、件のダンジョンへと向かった。

「えへへ～。デート、デート♪」

何も聞かなかったことにしよう。

◆◆◆

「ギルドから拝借した地図によれば、ここら辺にあるはずなのだが……」

「ねぇねぇ、アル兄様。あの茂みに何か隠れてそうじゃない？」

「確かに怪しいな。行ってみよう」

その場所まで行き、星斬りで伐採してみると、地面にそこそこ大きな穴が隠れていた。

「たぶん、これだよな？」

「うん！　いかにもって感じ！」

エクスに跨《また》ったまま飛び込むと……。

「「おぉ～」」

そこには、大海原が広がっていた。

太陽の光が海面に反射し、燦々《さんさん》と輝いている。

「まずは砂浜の安全確認をしよう。エクス、このまま適当に走ってくれ」

砂浜には魔物が見当たらず、試しに光探知を起動しても、特に結果は変わらなかった。

しいて言えば、小さなヤドカリが歩いていたくらいだ。

これなら問題なく船着き場を建設できそうだな。造る船には、魔物除けを搭載する予定なので、停泊も可能だろう。


しかし、海の中には……。

「魔物がうじゃうじゃといるな。こりゃ閉鎖されるわけだ」

「初見で挑んだら、間違いなく痛い目見るもんね。特に山で育った田舎の冒険者なんかは、みんな泳げないと思うし」

「その通りだ」

安全確認を終え、比較的開けた場所でエクスから降りると、レイがマジックバッグを手に取った。

「じゃあ、ちょっと水着に着替えてくるね！」

と言い、近くの岩場まで走っていった。

「……」

ここへ来る前、もしかしたらとは思っていたが、まさか現実になるなんて。

先日一人ぼっちで連邦作戦を頑張ったご褒美だと考えておこう。

身の丈に合わない大きな殻《から》を背負い、せっせと砂浜を歩くヤドカリを眺《なが》めていると。

「おまたせ！」

女神が登場した。

「……良く似合ってるぞ。さすがわが妹だ。世界で一番かわいい」

「えへへへ」

あまりの迫力に一瞬気を失いかけたが、ギリギリ意識を保《たも》つことができた。

照れながら微笑《ほほえ》むレイも尊《とうと》いな。

そんなレイの片手には、世界樹の杖がしっかりと握られていた。

たぶん、半年の訓練の成果を早く俺に見せたいのだと思う。健気《けなげ》な天使である。

「正直調査は大体済んだから、さっそく魔法を見せてくれるか？」

「うん！」

レイは目を瞑り、魔力を高めた。洗練された魔力が杖に集まっていく。

以前とは全くの別人のようである。

「ファイアランス、二重展開！　ウォータージャベリン、二重展開！」

計四つの槍が海面に射出された。

「これはまさか……属性魔法の同時発動か⁉」

「そうだよ！　いっぱい練習したんだ！」

「すごいじゃないか、レイ。本当に驚いたぞ」

レイが頭を突き出してきたので、これでもかというほど撫《な》でてやる。

無属性魔法と属性魔法を同時に使える魔法使いは、結構いる。

例えば、身体強化を発動しながら、火の下級魔法を放ったりできる魔法剣士は多い。

オリビアもそのうちの一人だ。

しかし、今のレイのように、二種類の属性魔法を重複《ちょうふく》発動できる魔法使いは、めったに存在しない。

全属性を操り、尚且《なおか》つ同時発動を可能とする魔法使いなど、歴史上でも片手で数えるくらいだろう。白龍魔法師団で一目置かれているのも納得である。

こりゃレイが世界に羽ばたく際は、俺なんかよりもよっぽど大騒ぎになるぞ。

その時が楽しみである。

「並大抵の努力では身に付けられないはずだ。よく頑張ったな、レイ」

「いやいや〜。アル兄様ほどじゃないよ〜。本当にね？」

「俺のことなんかどうでもいいんだ。せっかくだし、もっと魔法を見せてくれないか？」

「お安い御用だよ！」

レイは控《ひか》えめに言って魔力量が底なしなので、それから一時間以上は練習の成果を披露《ひろう》してくれた。俺は大満足である。間違いなく今年で一番うれしい出来事だ。

「同年代と比べたら、レイが頭三つは抜けているだろう。この調子で頑張ろうな」

「うん！　頑張る！」

パラソルを広げ、日陰を作ると、すぐにエクスとレイがやってきて、休憩をし始めた。

この光景が見れただけで、お腹いっぱいである。

完全に砂浜に馴染んでいる二人をよそに、俺は光探知の範囲を広げる。

ちなみにこのダンジョンはフィールド型なので、めちゃくちゃ広い。

だが、いくつもの山を乗り越えた今の俺であれば、全てをカバーできる。

魔物の最高ランクはCだな。Cであれば、魔物除けにもしっかりと反応し、漁船に近寄っては来ないので、特に問題はなさそうだ。

フィールドが海ということを加味すれば、このダンジョンは推定Bランクってところか。

また、一つだけ気になる魔力反応がある。なんというか、生物の持つ魔力の波長じゃないいんだよな。

もっと機械的というか、まるで魔導具から発せられるような……。

「もしや、宝箱か？」

ダンジョン内では極まれに、宝箱が発見されることがある。

ここは長らく閉鎖されていた場所だから、可能性としては全然ありうる。

「なになに？　今お兄様『宝箱』って言わなかった？」

「ブルルル」

二人も興味津々《しんしん》のようだ。

「おう。二人も見たいか？」

「うん！」

「ブルルル」

「じゃあちょっと、待っててくれ。すぐに取ってくる」

「えっ。取ってくるって、海の中にあるんでしょ？」

「そうだ。だから力業《ちからわざ》で取ってこようと思う」

俺は光鎧を纏《まと》い、大きく跳躍した。その衝撃で砂が大きく舞い上がる。

上手く海面に着水し、全速前進。目指すは宝箱の真上。

二キロほど走り続け、すぐに到着。

光速思考を起動し、天から降り注ぐ太陽光を、全て俺の支配下に置く。

その光を円柱状に収束させ、海面へ垂直に落とす。すると、一瞬で海水が蒸発し、海にポッカリと穴が開いた。

俺はその穴に飛び込み、海底に着地。宝箱を拾い、すぐにジャンプ。

再び海面に着水し、光速思考を解除すると、一瞬で穴が海水に飲み込まれ、小さな渦潮《うずしお》が出来上がった。

「よし、帰るか」

宝箱を片手に、砂浜の方へと戻った。

「待たせたな」

「はや！　どうやってとってきたの？」

「海水を蒸発させて、無理やり陸地を作ったんだ。ほら、あそこに雲が立ち昇っているだろ？」

「うん！　なんかよくわかんないけど、すごいね！」

「ブルルル」

宝箱を岩の上に置き、三人で眺める。

「何が入ってるんだろうね……」

「入手難易度が非常に高いから、それ相応のモノが入っていないと割に合わん」

「そうだよね。まぁ、とりあえず開けてみようよ！」

「だな」

ゆっくりと宝箱に手を添える。鍵がかかっているものの、強引にこじ開けるべく、手に力を籠《こ》める。バキッ、という音と共に宝箱が開いた。

その中には……。

「「ネックレス？」」

赤色の大きい宝石が三つも施された、美しいネックレスが入っていた。

「三つの宝石が付いた、ネックレス……まさか⁉」

「知ってるのか？」

「うん。絵本『災厄《さいやく》の魔女』に出てくる、魔力回復のネックレスだよ！　魔女が、世界樹の杖と一緒に装備してたやつ！」

「マジか……」

偶然か必然か、災厄の魔女のフル装備がここに揃ってしまった。

俺は無言でネックレスを手に取る。変な魔力は感じないから、呪いの装備ではない。

持っているだけで、ものすごいスピードで魔力が回復していくのを感じる。いわゆるチート装備ってやつだな。

「もちろんこれはレイのものだ」

レイの首にそっとネックレスを掛けた。

「え、いいの⁉　やったー！！！」
レイは災厄の魔女の再来かも知れないな。いや、彼女の場合は最強の女神か。
「じゃあ帰る前に、皆で海鮮ＢＢＱを楽しもうか」
「わーい！」
「ブルルル！」
エクスの雷魔法で砂浜付近の魚を一網打尽《いちもうだじん》にした後、岩場で貝やカニを捕獲し、派手に海鮮ＢＢＱをした。
「一年くらい前、リリー達と一緒に行ったバカンスを思い出すな」モグモグ
「私も思った～」モグモグ
「ブルル」モグモグ
そんなこんなで、日が暮れる前にバルクッドへと帰還した。

◆◆◆

侯爵邸に帰宅した俺は二人と別れ、真っ先に自室へ向かった。
今日中に報告書を作成し、親父とメリルに届けるためだ。

ダンジョン内の情報を、一つ一つ丁寧にまとめていく。

「ふむ……レイにあげたプレゼントのことは秘密にしておくか」

念のためギルドに持ってこいとか言われても困るので、メリルには悪いが、ここは内緒にさせてもらおう。

今回はレイにプレゼントを贈れたし、レイの水着姿も見れたし、そしてレイの女神級の笑顔が見れて本当に良かった。ついでにダンジョンの調査も済んだしな。

夕食にて。

「魔力回復のネックレスねぇ……もしオークションに出品されたら、白金貨二千枚以上の値が付くレベルよ」

母ちゃんが溜息混じりに、そう言った。

「確か世界樹の杖が白金貨二千五百枚だったから、そのくらいの値に落ち着きそうだよな」

「さっき少しレイに貸してもらったけど、とんでもない性能だったわ。まごうことなき伝説級魔導具よ」

魔法使い歴の長い母ちゃんがそう言うのであれば、間違いなく絵本に出てきたネックレスなのだろう。

「災厄の魔女ねぇ……」

俺と母ちゃんと親父は、料理を口いっぱいに頬張るレイに視線を移した。

「!?」

ここで親父が手を叩いた。

「それは一日置いといてだな！　今回は二人とエクスのおかげで、我が領の念願であった漁港を手に入れられるかも知れないんだ。よくやった、領主として礼を言わせてくれ！　レイだけにってな！　がっはっはっは！！！」

「「「……」」」

こうして、充実した一日が過ごせたのであった。

第26話：ルーカスの婚約者

長期休暇を終え学園が始まり、暫《しばら》く経過したある日のこと。

今日は珍しく、いつものメンバー全員で六限まで講義を受けていた。

盛大にチャイムが鳴り、担当教師が教科書を閉じる。

「よし。今日はここまでにしましょうか。授業の途中でも言いましたが、来週がレポートの締め切りですので、忘れずに仕上げきちんと提出するように。でないと単位を与えられませんから。わかりましたか？」

「「「「はーい」」」」

「いい返事です。では、解散」

その言葉を聞くや否《いな》や、生徒たちは何かから解放されたかのように、各々《おのおの》飛ぶように散っていった。


ここでエドワードが魅力的な提案をしてくれた。

「ねぇねぇ。僕等全員が最後まで残ってることなんてなかなかないわけだし、せっかくだからこのあと皆で喫茶店にでも行かない？」

「賛成だ。ちょうど美味いコーヒーが飲みたかったところなんだ」

「いいわね！　あたしスイーツが食べたいわ！」

「私も賛成よ。来週提出のレポートも仕上げなきゃだしね」

続々と同意の声が上がる中、いつもは最初に手を挙げる元気な男が黙っていた。

「ん、ルーカスは行かないのか？」

「わ、わりぃな。放課後にちょっと用事があるから、俺はパスさせてもらうぜ」

と言い、皆と別れの挨拶をした後、足早に教室から去っていった。

「「「……」」」

残された俺達は互いに顔を見合わせた。

「怪しいな」

「いくらなんでも、動揺《どうよう》しすぎだよね～」

「何か知られたくないことでもあるのかもね」

「ルーカスらしくないわよね！　水臭い！」

リリーの言う通り、メンバーの中で最もオープンで最も接しやすいのが、ルーカスという男なのだ。何か秘密ごとがある時は、いつも『みんなには特別に教えてやるぜ！　俺達は心の友だからな！』とか言って、普通に教えてくれる。

しかし、今回は違った。動揺しながらコソコソと教室から出て、どこかへ向かった。

　エドワードが悪い笑みを浮かべながら呟いた。

「クンクン……これは……女のにおいがするよ」

「「同感」」

「まぁ、何かあったら心配だから、僕達が守ってあげないとね！」

「その通りだ。悪い大人に口止めされている可能性もあるからな」

「そうそう！　脅《おど》されているルーカスを助けてあげなきゃ！」

「こういう時こそ、友人である私達の出番よね」

　とかなんとか言っているが、実際はルーカスが一人抜け駆けして恋人を作るのが悔《くわ》しいから、阻止《そし》はしないまでも、せめて現場ぐらいは押さえてやろうという、薄汚い魂胆《こんたん》である。友人ながら、あっぱれだ。

　というわけで、俺達はルーカスを追跡してみることにした。


「先ほどとは違って、随分足取りが軽いね」

「これは増々、怪しくなってきたな」

「このまま真っすぐ進むと、図書館に到着するけど……」

「ルーカスは頭はいいけど、本を読んでるところなんて見たことないわよ？」

　そういえば、この前ルーカスが『本を読む暇があるなら、剣を振っていたい』みたいなことを言っていた気がする。これはもうほぼ確定である。

ルーカスは図書館に入ってすぐ階段を上り、三階へ。そのフロアには、読書又は勉強用のテーブルがたくさんあり、他にもちらほらと生徒がいる。

彼は早歩きで一番奥のテーブルへと向かう。

するとそこには……。

「あら、ルーカスさん。今日も来てくれたんですね」

「お、おう。今日もたまたま暇だったからな！」

「私とっても嬉しいです。うふふふ」

紫色の髪と、優し気な表情が印象的な、落ち着いた雰囲気の女子生徒が座り、静かに読書をしていた。

今のやりとりを聞いた感じ、ルーカスが女子生徒に惚《ほ》れているのだろう。

女子生徒は微笑みながら、隣席をポンポンした。

「もちろん私の隣に座ってくれるんですよね？　ね？」

「あ、ああ」

いや、ルーカスの片思いではなく、相思相愛だな、こりゃ。

なんというか、女子生徒からドロドロした愛を感じるぞ。

ちなみに俺達は今本棚の陰に隠れ、様子を窺っている。

「な～にが『たまたま暇だった』よ！ このほらふきマッチョめ！」

「まぁまぁ。あいつも好きな女のために、勇気を振り絞ってここへ来たんだ。大目に見てやろうじゃないか」

「どうしてだろう。女子生徒さんから、いい意味で底知れない闇を感じるよ……」

「ヤンデレってやつかしら。でもルーカスにはピッタリな気がするわ」

昔から明るいタイプと静かなタイプは相性がいいと言われているからな。俺もルーカスと彼女は案外バランスがとれていて、いいと思う。ぜひ応援させてもらおう。

「そういえば、なんでルーカスはこのことを秘密にしたかったんだろうな」

「確かに。よくよく考えてみたら、ルーカスなら全然言ってくれそうなことだよね。『最近好きな女の子ができたんだよ！』みたいなノリで」

もしかしたら、女子生徒側が、何か知られたくない秘密を抱えているのかも知れない。

その調子で本棚に隠れつつ、ホクホク顔で彼等の会話を盗み聞きしていると、急に二人の雰囲気が暗くなった。

「なぁジュリ、本当にいいのか？ 俺がどうにかしてやるって、前から言ってるだろ？」

「いいんです。自分の力で解決しますから。お願いします。その方が自身の成長につながると思いますし……」

「でもよ。いくら君のお願いだとしても、さすがにもう見過ごせねえよ。いじめなんて」

「すみません……」

「「「いじめ⁉」」」

「なるほど。今の会話で大体わかった」

「あたし達が想像していたよりも、かなり暗い内容かもしれないわね」

俺の口から上手く説明させてもらうと、ルーカスの惚れているジュリという女子生徒は、現在進行形で他生徒からいじめを受けている。ルーカスはいじめをやめさせるべく、今すぐ動きたいのだが、ジュリ自身が強くそれを拒否している。ルーカスはいじめをやめさせるべく、今すぐ動きたいのだが、ジュリ自身が強くそれを拒否している。本人は自身の成長が～と言っているが、実際はルーカスを巻き込みたくない一心で、必死に引き留めているんだろうな。いい子じゃないか。あいつが惚れるだけのことはある。

皆の知っている通り、ルーカスにとっては全く迷惑ではない。もしジュリ以外の知らない誰かがいじめを受けていた場合でも、普通に乱入して加害生徒をぶっ飛ばすような、漢気《おとこぎ》のあるマッチョだからな、あいつは。

だがジュリはそんなことを知る由《よし》もなく、誰にも迷惑をかけたくないという理由で、今も一人でいじめに耐えていると。

ルーカスも辛いだろうな。好きな女子生徒を助けようとしてもなぜか強く拒《こば》まれ、それが心配で定期的にここへ通っているわけなんだから。

まぁ、あいつが俺達に言えなかったのも納得だな。

「気を使いすぎるジュリと、不器用なルーカスという凸凹カップルってわけか」

「二人とも性格が良すぎて、逆に付き合いにくそうだね」

「私達も何とかしてあげたいけど……」

「一応部外者だしね、あたし達」

「だが相手方に配慮しすぎて、結局傍観を決め込むっていうのは、今のルーカスと同じサイクルにはまっているぞ。どうにかすると決めたのであれば、今すぐ動くべきだろう」

「「確かに」」

一般の生徒であれば、きっと陰から助けるとか、バレないように助言を届けたりするのだろうが、そんな面倒なことはしたくない。あの二人のためにも、一刻も早く問題を解決に導いた方がいい。

と、いうわけで。

「おい、ルーカス。何やら大変そうだな」

「げっ！　アルテ!?」

「やっほー」

「あたし達にちゃんと相談しなさいよ、この馬鹿！」

「さっさといじめっ子をやっつけましょう。私達も手伝うわ」

「ほ、他の三人まで……」

満を持して俺達が登場した結果、なぜかジュリの表情が少し明るくなった。

「アルテさんにリリーさんに、オリビアさん⁉　それに第二皇子様まで……⁉」

「おお。俺のことを知っているのか」

「この学園に、アルテさんを知らない人はいないと思いますよ？　特に一年生の多くは野外演習の際に、お世話になりましたし」

「ああ、なるほど」

「エドワードはまだしも、なんであたし達のことまで知っているのよ？」

「最近ルーカスさんが楽しそうにリリーさん達の話をしてくれるもので……」

と言い、頬を紅潮させながらルーカスと視線を合わせた。

「こんな状況でもイチャイチャするのか」

「バカップルだね～」

ここでルーカスが言った。

「一応、ジュリも自己紹介をした方がいいんじゃないか？」

「そうですね。御友人方、申し遅れました。私はジュリ・アルベルト。アルベルト男爵家の長女でございます」

ジュリはスカートの両裾《りょうすそ》を持ち、優雅に一礼した。

容姿に性格に立ち振る舞い。どれをとっても完璧だ。この学園に通っているということは、頭も相当キレるはず。正直いじめの標的になるような要素が一つも見当たらない。貴族社会の厄介なしがらみに巻き込まれていなければいいのだが……。

ちなみに、この学園に通っているほとんどの生徒が貴族なので、皆は特に驚かなかった。

「つくづく、ルーカスにはもったいない女性だと思う」

「本当だよね～ルーカスにはもったいないよ～」

「まるで美女と野獣ね」

「そんなに言わなくてもいいだろう！」

「うふふふ。皆さん口がお上手ですね」

ルーカスが面倒くさいことを思い出した。

「そういえば、俺達の事情を把握していたってことは、まさか今盗み聞きしてたのか？」

「今はそんなことどうでもいいだろう。どうやって解決するのかを考える方が優先だ」

「いや、でもよ」

「ルーカスの彼女さんのためにも、僕達が一肌脱がなくちゃね！」

「あの……」

「目にものを見せてやるわ！」

「はぁ、もういいわ」

ようやくルーカスが折れてくれた。

「ここまで事態を悪化させた私が言うのもなんですが……本当にいいんでしょうか、こんな豪華な方々に助けていただいても」

「おう、もちろんだ。俺達に任せておけ。では早速詳しい話を聞かせてくれ」

「はい」

ジュリは迷うことなく、説明してくれた。

まずいじめを受けている理由は、ただの相手方の嫉妬《しっと》が原因らしい。

主犯格の名はサンドラ。ジュリと小さな頃から顔見知りの伯爵令嬢だ。

二人の領地が近いことも関係し、サンドラは何かとジュリをライバル視していたため、特に仲は良くなかったそうだ。

いざ学園に入学してみれば、ジュリはAクラスで、サンドラはCクラスであった。

その結果、サンドラの嫉妬が爆発し、取り巻きを引き連れいじめをしてくるようになったと。

無駄に伯爵家という看板を背負っているせいで、周りも下手に手出しができないのだそうだ。

ジュリがルーカスの助けを拒否していた一番大きな理由は、おそらくコレだ。ルーカスの実家であるパリギスは子爵階級だからな。変に衝突すれば、パリギス家にまで飛び火してしまう。

といっても、ルーカスの母ちゃんなら蚊を払うよりも簡単に退けそうだけども。

まぁ、何が言いたいのかというと……。

「アインズベルク侯爵家の出番ってわけだな」

「僕は⁉」

「お前はダメだ。傍から見れば、これは生徒間のいじめだから、皇族が出てきたらさすがにオーバーキルになる」

「ちぇっ」

リリーが徐に問う。

「問題はどこで仕掛けるか、よねぇ」

「どうせなら大きなイベントの時がいいと思うぜ！」

「確かに、陰でコソコソと注意したところで、効果は薄いわよね」

ここでオリビアが呟いた。

「そういえば、二週間後の休日に社交界が開かれるわよね？　伯爵令嬢のサンドラであれば、参加しそうだけど」

「……それだ。ナイスオリビア」

と言うと、皆がポカンと口を開けた。

「ま、まさか社交界に出るつもりか？」

「あ、あの社交界嫌いで有名なアルテが⁉」

「嫌いというか、面倒だから毎回サボっていただけだ。そういうお前達は出席したことあるのか？」

「当たり前じゃない！」

「どこかの誰かさんと、一緒にしてほしくないわね」

「わ、私もほぼ毎回出席してます……一応男爵家の令嬢なので……」

「マジか」

みんな見えない場所で頑張っているようだな。関心である。

というわけで、ルーカスの婚約者（予定）を救うべく、俺達は学園の社交界に出席することとなった。

◆◆◆

社交界、当日。

俺は朝から侯爵家別邸にて、身支度を整えていた。

さすがに冒険者の格好で会場入りする、なんてことはないから安心してほしい。

普通に貴族子息専用の、ちょっぴりお高い正装をしていく。

正装を身に着けた後、椅子に座り、ケイルに髪型を整えてもらう。

今鏡にはいつもと違う自分が映っており、少し新鮮な気持ちになる。

「とてもお似合いですよ。さすがはアル様です」

「こんな格好をするのは、最初で最後かも知れんからな。今のうちに目に焼き付けておいてくれ」

ケイルは櫛《くし》で丁寧に俺の髪をとかしながら、嬉しそうに笑った。

「ふふふ。ぜひそうさせていただきます」

まるで、孫の面倒を見るお爺ちゃんである。

念のため、マジックバッグに星斬りとその他の装備を入れ、腰に装着。これで準備完了だ。

自分で言うのもなんだが、なかなか様になっているのではなかろうか。


広い庭に出ると、巨大な黒馬が大胆に寝そべり、日向ぼっこをしていた。

「おはようエクス、今日も絶好調だな」

「ブルル」

「ちょっと学園に用事があるから乗せてってくれ」

「ブルルル」

俺はいつものようにエクスの背に揺られ、学園へと向かう。

現在夏の長期休暇が明け、季節は秋に差し掛かっている頃なので、心地《ここち》よい風が吹いている。

今回の任務は、公然の場で、例の伯爵令嬢を糾弾《きゅうだん》することだ。多少侯爵家の権力は使わせてもらうが、別に暴力で解決するわけではない。

俺が注意すれば、サンドラの犯した悪事が自然と広まり、取り巻き連中も徐々に離れていくだろう。そうなれば、あとはもう時間が解決してくれると思う。常に下っ端を侍《はべ》らせている貴族令嬢ってのは、一人になると基本的に何もできないからな。

考え事をしている間に、学園の門に到着。

「ありがとな、エクス。用事が済んだら適当に歩いて帰るから、屋敷の庭でダラダラしててくれ。お土産も持って帰るからな」

「ブルル」


エクスと別れ、ルーカス達と合流した。

「待たせたな」

「おお！　アルテの正装なんて初めて見たぞ！」

「な、なかなか似合ってるじゃないの！」

「見た目以外にも、いつもとは雰囲気が違う気がするわね」

「ルーカスは置いといて、リリーとオリビアも良く似合ってる。リリーは可憐《かれん》で、オリビアは綺麗な印象だ」

「ふ、ふんっ。当たり前でしょ！」

「ありがとね。嬉しいわ」

「え、俺は……？」

ちなみに今日、エドワードはお留守番だ。

そのまま四人で会場へ向かった。

特設会場の中に入ると、天井には巨大なシャンデリアが飾ってあり、いくつもの長いテーブルの上には高級料理がズラリと並んでいた。すでに多くの貴族生徒等が揃っており、かなり盛り上がっている。

「ジュリはどこだ？」

「とりあえず探そうぜ！」

会場の中を闊歩《かっぽ》していると、何やらザワザワとし始めた。

「ねぇ、あれってまさか……」

「アルテ様じゃない？」

「え、アルテ様って、あの閃光の？」

「そうそう。アインズベルク侯爵家次男の」

「社交界嫌いで有名なアルテ様が参加なされるなんて、どういう風の吹き回しかしら」

「ちょっと私、勇気出して声をかけに行ってみようかな！」

どこぞの貴族令嬢が一歩踏み出すと、なぜかリリーが鋭い目でキッと睨《にら》んだ。

「うっ……」

「ふんっ。百年早いわ！」ボソボソ
「ん？　何か言ったか？」

「なんでもないわよ！　それより、あそこにいるのってジュリじゃない？」

リリーが指を差す先には、紫色の髪を靡《なび》かせ、他の女子生徒と談笑をしているジュリの姿が。

「おい、ルーカス。今は我慢だぞ」

「それくらいわかってるわ！」

ルーカスがジュリに飛びつくのを阻止し、俺達もこの付近で食事をしながら雑談することにした。

「本当に今更なのだが、二人はどうやって出会ったんだ？」

「ある日、優雅に校内を歩いていたジュリに一目惚れしちまって、普通に声を掛けたんだ」

「ほほう。ルーカスらしくていいじゃないか」

「はっはっは！　だろ～？」

オリビアが問う。

「そういえば、今回の作戦はアルテが考えたにしては、優しめよね」

「どういうことだ？」

「あなたはどちらかと言えば、過激な作戦を考えるタイプでしょう」

「ああ、まぁ否定はできん」

「そのアルテが、糾弾で済ませるなんて、珍しいと思ってね」

「相手は生徒だからな。一度くらいは注意だけで見過ごしてやる」

「万が一反省せず、また同じ過《あやま》ちを犯したら？」

「容赦《ようしゃ》しない。監督責任として、親にも罪を償《つぐな》わせる」

「それでこそ、アルテって感じね」

ダラダラと会話をしながら待機していると、入り口の方から性格の悪そうなグループが歩いてきた。たぶんあいつらだろうな。でもよく見れば男も混じっている。もしかしたら、サンドラとやらが婚約者でも連れてきたのかも知れない。

先頭を歩いている令嬢がジュリを見つけるや否《いな》や、卑《いや》しい笑みを浮かべながら、彼女の下へ真っすぐ向かった。

そして、口に扇子《せんす》を添えながら言った。

「あらあらあら。まさかそこの紫髪は、ジュリじゃないでしょうね？」

「サ、サンドラさん……」

「男爵家の薄汚い芋娘ごときが、よく社交界に出席する気になったわね。恥ずかしくはないのかしら？」

「それは私の自由じゃないですか。ここには友人もいるので、もう他へ行ってくれませんか？」

「お断りよ。あんたがここを出ていくまで、私は付きまとうから」

「そ、そんな……」

「ほら。それがわかったのであれば、さっさと立ち去りなさいな。見苦しいわよ！」

と言い、声高らかに笑った。取り巻きの奴等もクスクスと笑っている。

馬鹿みたいに騒ぐもんだから、周りからも生徒達が集まってきた。

ジュリは恥ずかしさのあまり、俯《うつむ》いてしまった。これでは晒《さら》し者も同然である。

ルーカスは手をぎゅっと握りしめ、なんとか耐えている。

ここまで証拠と証人が揃えば、もういいだろう。

「何やら楽しそうなことをしてるな。俺も混ぜてくれないか？」

「今いいところなんだから、邪魔するんじゃないわよ！　あなたも、こんな風にいじめられたいのかしら？」

「ほほう。できるもんなら、ぜひやってみてほしいもんだな」

「チッ、しつこいわね！　そもそも誰なのよ、あなた！」

サンドラはようやく俺の方を向いた。

「え……アルテ様……？」

「俺をいじめてくれるんだろ？　誰がやるんだ？　お前か？　それともそこの男か？　ほら、今すぐかかってこい。特別に片手でひねり潰してやる」

「いや、俺は遠慮しておく……」

「なんだ、つまらんなぁ」

低い声色で詰めていると、周囲がさらにざわつき始めた。

「本物の閃光様だ」

「いじめの加害者をとっちめているのね。さすがアインズベルク家の令息様。公明正大《こうめいせいだい》だわ」

「相手は伯爵家の令嬢か」

「あいつは以前から家格の低い貴族子女や、平民に対して横柄《おうへい》な態度をとっていることで有名だからな。ざまあみろってんだ」

俺は気にせず続ける。

「で？　俺の友人であるジュリに対し、今何をやっていたんだ？」

「あの……それは……」

「まさか、いじめていたわけではないよな？」

「えーっと……」

その後も淡々《たんたん》と言葉のナイフを刺し続けていたら、サンドラはついに黙ってしまったので、その隣に立っている婚約者らしき男子生徒に視線を移した。

そして、ふと思った。

ここにはルーカスもいることだし、決闘でケリをつければいいじゃないか、と。

決闘で定めた契約は絶対なので、二度とジュリに近づかない、という誓《ちか》いを立てさせればいい。そうでなくとも周りの目に耐え切れず、自主退学する可能性が高いがな。

「お前は、そこの女の婚約者か？」

「そうだけど……」

「じゃあ決闘を行って、今回の事件に綺麗に終止符《ふ》を打とうじゃないか。そっちの方がスッキリしていいだろう？」

「そんなの絶対に勝てないじゃないか！」

「ちなみに戦うのは俺じゃないぞ？　そこのルーカスだ」

ルーカスは額に怒り筋を浮かべ、指をポキポキと鳴らしている。

すると、サンドラは急に顔を上げ、婚約者に命令した。

「絶対に受けるのよ！　あなたが、あの男に勝てばいいだけの話よ⁉」

「……君が言うなら、受けて立とう」

この状況から打開する唯一の方法が見つかったことで、先ほどとは打って変わり、サンドラはかなり調子を取り戻した。本人からすれば、暗闇に一筋の希望の光が差した感覚なのだろうな。どうして婚約者がルーカスを下せると考えたのかは、全く謎だが。

決闘は会場外の広場で執り行われることとなった。

ルールは、どちらか一方が戦闘不能に陥《おちい》るか、もしくは降参すれば終了だ。

ちなみに契約はこうだ。ルーカスが勝利した場合、サンドラは二度とジュリに関わらない。婚約者が勝利した場合、今回の件に関して、俺は完全に手を引く。以上だ。

もちろん武器は木製で、審判は俺が務める。

ルーカスが大剣を構え、婚約者が長剣を構えた。

どうやら両者とも、ゴリゴリの剣士タイプのようだ。これは面白くなってきた。

周囲にはかなりの数のギャラリーが集まっている。貴族同士の決闘なんて、なかなかお目にかかれるもんじゃないからな。


スタートの合図を出す直前、ルーカスがジュリに親指を立てた。

「ルーカスさん！　頑張ってください！」

「あんた、負けたらぶっとばすわよ！」

「たまには男気を見せなさい」

サンドラサイドからも声援が飛んだ。

「絶対に勝つのよ！　それ以外は許されないわ！」

「ファイトです！」

「敵に実力を見せてやれ！」

俺は片腕を掲《かか》げ、振り下ろした。

「開始!」

両者、雄叫《おたけ》びを上げながら距離を詰める。

「うぉおおおお!!!」

「はぁぁぁぁ!!!」

そして、剣を合わせた。

ガキンッ
あの婚約者なかなかやるな。ルーカスの怪力剣を受け止めるなんて。名前も知らないし、どこの貴族家出身なのかも知らないが、伯爵家令嬢の婚約者に選ばれただけのことはあるな。

婚約者はスピードを活かし、ルーカスに猛攻を仕掛ける。

その攻撃をルーカスは丁寧に捌《さば》いていく。

「俺の連撃を防ぐとは! 想像以上!」

「それはこっちのセリフだ!」

迫力のある戦いに、ギャラリーは大盛り上がりである。

その後も拮抗した攻防が続き、両者は一旦距離をとった。

「はぁ、はぁ……。この俺が攻めきれないとは……」

「いい攻撃だったぞ。腕がピリピリするぜ」

だが俺は知っている。ルーカスはこんなもんじゃない。この程度の敵を相手に、攻めきれないなんてことはあり得ない。どうせ力量を調べただけだ。

婚約者は再び咆哮《ほうこう》を上げながら、ルーカスに剣を振るう。

「はぁぁぁぁぁぁぁぁぁ！！！！」

しかし、ルーカスは片手で掴み取った。

「！？！？！？」

相手は何が起きたのか理解できず、硬直した。

ルーカスはそのまま怪力で、木剣を握り潰す。

ミシミシミシ……ボキッ
「ひぃぃぃぃ！」

婚約者は顔を青くして地べたにへたり込み、ルーカスは首元に剣先を近づけた。

「こ……降参だ」

「勝者、ルーカス！」

うぉぉぉぉぉ！！！！！

ギャラリーから、今日一番の歓声が上がった。

ジュリがいち早くルーカスの下へ駆けつけ、勢いのまま抱き着いた。

「ありがとうございます、ルーカスさん！　とてもカッコよかったです！」

「へへッ。これもジュリのためだぜ！」

「ってことがあったんだ、今日」

「ブルルル」モグモグ

余談だが、その後ルーカスとジュリは無事婚約し、定期的に図書館デートを楽しんでいる。

一方、サンドラの悪事は瞬く間に広まり、婚約を解消された挙句《あげく》、取り巻き達にも見捨てられた。周囲からは常に冷めた目で見られ、避けられる日々が続いた。話によれば、子爵家以下の生徒には常に横柄《おうへい》な態度をとっていたらしいからな。単にそのツケが回ってきただけだろう。

それでも暫くは根気強く通い続けていたが、ある日心が折れ、ついに自主退学した。

まぁ大体予想通りの結末になったわけだな。


あと本当にどうでもよいことなのだが、社交界ではアインズベルクの名が大いに役立った。

社交界では家格が全てと言われるが、正直ここまでとは思わなかった。

実家の栄光を使う時は、もっと慎重になった方がよさそうだな。

第27話：第二夫人の座

帝都アデルハイドのはずれにある、とあるカフェにて。

金髪で活発な印象を抱《いだ》かせる令嬢と、銀髪で落ち着いた雰囲気を纏《まと》う令嬢が、コソコソと密会を開いていた。

「悪いわね、急に呼び出しちゃって」

「リリーなら全然いいわよ、幼馴染なんだから。気にしないでちょうだい。それで、今日はどんな用件なの？　ここに来たってことは、あまり他人に聞かれたくない話なんでしょう？」

「最近、ルーカスとジュリを皮切りに、いろんな人達が婚約し始めたじゃない？」

「ええ。同じクラスの生徒達も、続々と婚約を決めているわ。正直に言うと、私達は順調に取り残されてる」

「その通りよ。男爵家次女のあたしはまだしも、伯爵家長女のオリビアは少しマズい状況なんじゃない？　ブリッジ伯爵様は急《せ》かしたりしてこないの？」

「特に今のところは、催促《さいそく》されてないわ。リリーの方は？」

「あたしも一緒。でもオリビアのお父様も、あたしのお父様も、心の中では心配してくれていると思うわ」

「そうよねぇ……」

「うん……」

ここでリリーとオリビアは一度コーヒーを口に含み、しばし沈黙の時が流れた。

「リリーはまだ、誰かいい人とか見つかっていないの？」

「まだよ。そっちは？」

「私もよ」

「ふ～ん」

「……」

「……」

満《じ》を持してオリビアは問う。

「もう単刀直入に聞いちゃうけど、リリーはアルテのこと好きなの？」

「!?!?!?」

リリーはビクッと身体を震わせ、動揺した。

「で、どうなの？」

「……好きというか、まぁ異性の中では最も気を許していると言っても過言ではないわね」

「へぇ～。じゃあ例えば、馬車に揺られている時とか、お風呂に入っている時に、アルテのことを考えたりはするの？」

「たまにするわ」

「じゃあ、アルテがレイちゃん以外の女子と楽しそうに談笑していたら、どう思う?」

「あたしの方が、友人歴が長いし仲もいいのに、なんでどこの馬の骨とも知れない女に笑顔を向けてんのよ！　って思うわね」

「ねぇ、リリー。一般的にはそれを『好き』って言うのよ?」

「!?!?!?」

リリーは再び動揺し、オリビアはそれを温かい目で見守った。

（はぁ、これだからツンデレは……。まぁリリーの場合、そこも含めて可愛いんだけどね）

「そ、そういうオリビアはどうなのよ!」

「え、私?　もちろんアルテのこと好きよ?　それも、今すぐ婚約してもらいたいくらいにはね」

と言い、優しく微笑んだ。

「かなりストレートに言ったわね……」

「うふふ。でもこれに関しては、互いに薄々気づいていたわよね。言うタイミングがなかっただけで」

「うん。ついに婚約者シーズンが到来して、二人とも胸を明かすことになったけど」

二人は二杯目のコーヒーを注文した。

オリビアはテーブルに肘《ひじ》をつき、手に顎《あご》を乗せた。

「普通の貴族令嬢であれば、この流れで一緒に告白して、一件落着なんだけどねぇ……」

「そうそう。どうしても避けようのない、大きな障害というか、絶対にクリアしなければならない関門があるのよね」

そして二人はアルテの顔を思い浮かべ、声を合わせて言った。

「「アルテはシスコンなのよね……」」

以前、親睦《しんぼく》会という名のバカンスに行った時、アルテとレイは、周りの目を気にすることなく、かなりの頻度《ひんど》でイチャついていた。その時からアルテ＝シスコンという方程式が、リリー達の常識として成り立っているのだ。

「アルテが一方的に好意を抱いているのであればまだしも、あれは完全なる相思相愛よね」

「うん。まさかレイちゃんもブラコンだったとは」

「気持ちはわからなくもないけどねぇ」

「あいつはイケメンだし、背も高いし、強いし、頭も良いし。それにああ見えて優しいし」

「そうねぇ。敵に容赦のないところや、ちょっと変わってるところもあるけど、本当に優しいのよ。あれだけ忙しいのに、友人からの頼みは絶対に聞いてくれるのよね」

「身内には激甘だからね、あいつ」

「たとえ血がつながっていても、私も惚れる自信があるわ」

「同感よ」

「休日の喫茶店で、私達は一体何の話をしているんでしょうねぇ……」

「本当よね。それもこれも全部、あのシスコンのせいよ」

二人は大きく溜息を吐いた。

「別にレイちゃんに話を通せばいいのだけど、いかんせんここからバルクッドまで遠すぎて、安易には会いに行けないわ」

「書簡でやり取りするほど軽い話ではないし、もし行くのであれば、春の長期休暇まで待たなきゃいけないわよね」

「そうなのよねぇ」

ちなみに、アルテが稀代《きだい》のシスコンであることは、閃光の名と共にかなり広まっているため、仮にレイとの婚約を発表したところで、そこまで大きな騒ぎにはならないだろう。

しかし、アルテとの婚約を狙っている令嬢は数えきれないほど存在するので、もしかしたら反発の声を上げる貴族家が出てくるかも知れない。まぁ、アインズベルク侯爵家に睨まれる覚悟があればの話だが……。

リリーは話を変えた。

「そういえば、家督はどうするつもり？　普通であれば、オリビアが伯爵家当主になって、婚約者が婿入りする流れだと思うんだけど」

「う～ん。もちろんアルテが婿入りしてくれることが一番理想的なのだけど、第一夫人はレイちゃんだし、そもそも彼が他家に属するような、身重になるようなことはしないだろうから、ここは大人しく弟に譲るつもりよ。私の弟君はとても優秀だから、安心して託せるわ」

（これも好きな男のためだから、仕方がない話よね。弟には迷惑をかけるけど……）

「ふ～ん。じゃあ、第二夫人の座はオリビアにあげるわ」

「いいの？」

「あったりまえじゃない！　もしそれが知らない女だったら、意地でも奪い取るけど、オリビアは家格的にも、第二じゃないとダメよ！　男爵家出身のあたしと違ってね！　それに幼馴染なんだから！」

「気を使ってもらってありがとうね。ここはその好意に甘えさせていただくわ」

そして話が終わった頃には、空はすでに橙色《だいだいいろ》に染まっていた。

「長居しちゃったし、そろそろ行きましょうか」

「そうね！　じゃあ約束通り、また明日！」

二人は立ち上がり、会計を済ませ、各々の帰路についた。

一方その頃、当の本人はというと……。

「ハックション」

「ブルル？」

「大丈夫だ。どうせ誰かが俺の噂でもしてたんだろう」

帝都の正門付近にて、エクスと共にとある人物の到着を待っていた。

◆◆◆

リリーとオリビアが婚約について熱く語り合った、翌日。

二人は朝からアインズベルク侯爵家別邸を訪れていた。

「相変わらず大きいわねぇ……」

「やっぱカナン大帝国において、アインズベルク侯爵家とランパード公爵家が所有しているお屋敷は別格よね！　帝都の別邸ですら、他の上級貴族達の本邸よりも遥《はる》かに大きいもの」

「正直、最近は閃光の名の後ろに隠れることが多いけど、こういうのを実際に見せられちゃうと、そういうわけにはいかなくなるわよね」

二人の言う通り、アインズベルクとランパードという二大貴族家は、帝国全体が……いや、世界中の国々が、常にその一挙手一投足を注視しているほどの絶大な影響力を持っているのである。

また幸運なことに、長男ロイド、次男アルテ、長女レイの三人は、たとえアインズベルクの看板がなくとも、個人で各界隈《かいわい》を席巻《せっけん》できるほどの才能を持ち合わせている。

しかし、万が一平凡だったとしても、そこに立っているだけで、自然と優秀な人材や組織が集結し、いつの間にか一大勢力が築かれることだろう。

それほどに、アインズベルク侯爵家子女というポジションは重たいのである。

特に婚約を狙う他貴族にとっては、尚更であろう。

まぁアルテに関しては、皇帝と並び、帝国における最重要人物に名を連ねているほどの男なので、いい意味で枠から大きく外れているのだが……。

オリビアとリリーは彼の親しい友人といえど、そんな生ける伝説と婚約しようと考えているわけである。

二人が門に接近すると、門番がそれに気が付き、声を掛けてきた。

「どちらさまでしょうか」

「私はブリッジ伯爵家長女、オリビア・ブリッジよ」

「あたしはカムリア男爵家次女、リリー・カムリアよ」

と言い、各々《おのおの》実家の紋章を見せた。

「これはこれは……アルテ様のご友人方でしたか。失礼いたしました。念のため確認させていただきますが、本日はどのようなご用件でいらっしゃったのですか？」

アインズベルクに仕える騎士又は使用人であれば、その辺の情報は常に頭に入っているのだ。

ちなみにブリッジ伯爵家とカムリア男爵家がアインズベルク侯爵家と非常に親しい間柄だとい

うことも、帝国貴族とそれに関係している者達の間では周知の事実である。

「実は今日は、アルテじゃなくて、レイちゃんに会いに来たのよ」

（まぁ、ダメ元だけどね）

オリビアは続ける。

「と言っても、今はバルクッドにいるだろうから、もし暇そうであれば、アルテを呼んでもらえると助かるわ」

と苦笑いをしながら言った、その時。

「ん？　その声はまさかオリビアか？」

門の向こう側から、アルテが歩いてきた。

そしてなんと、彼の後ろには、お目当ての人物であるレイの姿が。

「あ！　オリビアさんとリリーさんだ！　久しぶりー！！」

「「‼︎⁉︎‼︎⁉︎」」

予想外の出来事に、二人は声も出せず、硬直した。その間に、アルテとレイが門から出てきた。

何とか口を開き、返事をする。

「ひ、久しぶりね、レイちゃん」

「い、一年ぶりかしら！　相変わらず可愛いわね！」

「なんか二人ともぎこちないな。今日は何しに来たんだ？」

「実は今日、レイちゃんに用事があって、ダメ元で来てみたのよ」

「……ものすごい偶然だな。レイが帝都に到着したのは、昨日の夕方だぞ？」

「そうそう！　それで今日は、朝からアル兄様とショッピングをする予定なの！　私に用事があるなら、一緒にショッピングに行こうよ！　四人で行けば、きっと楽しいよ？」

「あ〜、お誘いはとても嬉しいのだけど、できればレイちゃんと私達の三人だけで話させてもらいたいのよねぇ」

「ほほ〜なるほど〜」

レイはその一言で、大体の状況を理解した。

（あえて手紙を送らず、律儀に直接会いに来てくれたことと、学園の時期や二人の表情を見るに、まぁそういうことだよね。私もいつかは話したいと思っていたから、ちょうどいいかも。オリビアさんとリリーさんは本当に良い人達だよね！）

「わかった！　アル兄様にはごめんなさいだけど、ショッピングは今日の午後にしてくれる？」

レイは可愛らしく首をコテンと傾《かたむ》けた。

「了解した。では午前中はエクスと遊ぶことにしよう。屋敷でのんびり待ってるから、用事が終わったら俺を呼びに来てくれ」

「気を使ってもらって悪いわねぇ」

「アルテのくせに、わかってるじゃないの！　アルテのくせに！」

「わざわざ二回も言うんじゃない」

そしてアルテは片手を振りながら、エクスのいる裏庭へと姿を消した。


「じゃあ早速行きましょうか」

「そうね！」

「レッツゴー！」

三人は軽い足取りで、例の場所へ向かった。


「二人とも学園は楽しい？」

「ええ、とっても楽しいわよ」

「帝国中からいろんな生徒が集まってるから、本当に飽きないわ！」

「へぇー！　いいなぁ！　早く来年にならないかなぁ」

「私もレイちゃんと一緒に学園生活を送れることを、楽しみにしてるわね」

帝立魔法騎士学園には、様々な人材が集まる。

様々な種類の亜人族が通っているのはもちろんのこと、自作の魔導具を武器にして戦う生徒に、珍しい魔法を習得している生徒、研究者が唸《うな》るほどの知識を持ち合わせた生徒、そして貴重な魔物を従えている生徒など、アルテの周囲以外にも癖《くせ》の強い学生が山ほど存在している。

そもそもこの学園は、帝国にいる数多の子供たちの中でも、ピラミッドの最上層に位置している、一握りの天才しか入学できないため、こうなるのは必然なのである。


リリーが問う。

「レイちゃんは、この一年間どうだったの？」

「実はね～、すごい成長できたんだ！　みんなで遊びに行った時、リリーさんが私にしてくれたアドバイスがとても役立ったよ！　ありがとね！」

「そういってくれると私もうれしいわ！　ちなみに、具体的にはどんな風に成長できたの？」

「それはまだ言えないんだ……ごめんなさい！」

「全然大丈夫よ！　その事実が知れただけで、とっっっっってても嬉しいんだから！」

（言えないってことは、もし情報が広まってしまえば、軽く大騒ぎになるレベルの実力を身に付けたのかしら。相も変わらず、やることなすこと全部がいい意味でおかしいわね、アインズベルクは……）

レイが周囲を見渡しながら言った。

「訓練と勉強が一区切りついたから、お母さん達に無理を言って、下見がてら帝都に来させてもらったんだけど、ここはすごいね！　バルクッドよりも大きな都市なんて初めて見たよ！　特に、防壁の外からも見えるくらい大きな帝城は圧巻だね！　午後のショッピングも楽しみ～♪」

「うふふふ。楽しそうに笑うレイちゃんは、本当に尊いわねぇ」

「アルテがシスコンになるのも納得よね！」

レイが漆黒の髪を揺らしながら振り向いた。太陽光が反射し、キラキラと照り輝く。

「ん？　なんか言った？」

「な、なんでもないわ」

その後、目的地に到着した。

◆◆◆

昨日密会を開いた、帝都はずれの喫茶店にて。

「いらっしゃいませ～」

（あら、昨日の綺麗な女の子達じゃない。よく見れば別嬪《べっぴん》さんが一人増えているわね。絵になるわぁ）

「今日もありがとうございます～。前回と同じ、一番奥のテーブルになさいますか？」

「それでお願い。お気遣い感謝するわ」

「いえいえ～」

三人はテーブルまで移動し、着席した。

配置としては、オリビアとリリーが同じ側に座り、レイと向き合う形である。

そしてすぐに珈琲と菓子を注文した。

店員の姿が見えなくなった瞬間、場の空気が変わった。

喫茶店の優雅な雰囲気に反し、テーブル上には張り詰めたような、どこか息苦しい、ピリピリとした空気が乗っている。

「「「……」」」

重い雰囲気を壊すように、オリビアが口を開いた。

「今日はレイちゃんに一つ大事なお願いがあって、ここに来てもらったの」

「うん、そんな気はしてた。だから、もっと肩の力を抜いてくれると嬉しいな」

「そ、そうなのね。じゃあお言葉に甘えて、堅苦しい説明を省いて、結論から言わせてもらうわね」

「うん」

「私は初めてアルテと出会った時から、彼のことが好き。だから、伯爵家の長女ではなく、一人の女としてアルテと婚約させてほしいの」

「あたしも同じよ。お願い、レイちゃん！」

レイはその言葉を聞くと、瞳を閉じ、俯《うつむ》いたまましばし沈黙した。

「……」

数秒後、ようやく顔を上げ、二人の顔を交互に見る。

「「……」」

オリビアとリリーはゴクリと生唾を飲んだ。

そして……。

「全然オッケーだよ！！　むしろ二人と一緒にいられる時間が増えて、すっっっっごく嬉しい！！！」

「「ほっ。よかったぁ……」」

場の重い雰囲気が一気にほぐれ、二人は思わず安堵《あんど》の息を漏らした。

レイとオリビアとリリーは、少しの間、小さな子供のようにはしゃいだ。

また三人が落ち着いたタイミングでコーヒーとスイーツが運ばれてきたので、優雅に嗜《たしな》みつつ、談笑を続ける。

「あの～、いくつか聞かせてほしいことがあるから、質問させてもらっていいかな？」

「お安い御用よ」

「なんでも聞いてちょうだい！　今なら何でもしゃべっちゃうんだから！」

「まず、なんで私に許可を取ろうとしたの？　ただの妹だよ？　普通はお兄様本人か、うちの両親あたりに話をつけると思うんだけど……」

レイの言う通り、一般的な貴族同士の婚約というのは、まず両親への挨拶から始まる。

「えーっと、まずアルテは置いといて、アインズベルク侯爵様と、その御夫人様はバルクッドにいるから、最後にご挨拶させてもらえばいい、という結論に至ったのよ。あとこれは失礼にあたってしまうかも知れないんだけど、レイちゃんのご両親ならきっと承諾《しょうだく》してくれるかなって思ったの」

「なるほど～確かにうちの両親なら、『ようやくアルにも春が来たのか！』とか『あの子はたまに悪さをするから、きちんと手綱《たづな》を握ってね。あと何かあったら、私が説教をしに行くから安心して頂戴《ちょうだい》。うちの息子をよろしく頼むわ』って言うと思う！　すでに、次期当主のロイド兄様がランパード公爵家の令嬢さんとの婚約を決めてくれたから、将来安泰《あんたい》が確定してるし、ましてや相手が親交のある貴族家の令嬢さんであれば、絶対にＯＫしてもらえると断言するよ！」

レイは続ける。

「で、アル兄様に関しては？」

次はリリーが答える。

「あいつはたぶん、将来レイちゃんと結婚する気満々だから、仮に婚約を申し込んでも、『レイに聞いてみないとわからん』って言って逃げるだろうと予想したのよ」

「……」

「ん？　レイちゃん、大丈夫？」

「わ、私と、アル兄様が、けけけけけ結婚⁉　はわわわわわ」

レイは頬を紅潮させ、露骨に戸惑いを見せた。

（今思えば、アルテの婚約話はそこから進めなきゃだったのね……）

（あわあわ動揺するレイちゃんも可愛いわねぇ。うふふ）

二人はそんなレイを、温かい目で見守った。

ちなみにリリーとオリビアは、もしアルテがシスコンでなければ、各々が異性として一番、又は二番目に好かれていただろうと自負しているので、アルテの意思確認は強引に飛ばして話をしているのだ。実際のところ、二人のそんな予想は見事に的中している。

レイはアルテの友人が少なく、交友関係が極端に狭いことを知っており、また彼が彼女達に、きちんと好意を寄せていることを理解した上で、話を進めている。

「落ち着いた？」

「う、うん！　ちょっと驚いちゃっただけ！」

「じゃあ話を続けるわね。婚約が実現したら、まずはレイちゃんが第一夫人で、私が第二夫人、そしてリリーが第三夫人になる予定なのだけど、それに関しては問題ないかしら」

「えっ。オリビアさんが第一夫人になるんじゃないの⁉　てっきりアル兄様がブリッジ伯爵家に婿入りして、リリーさんが第二夫人、私が第三夫人として付いていくっていう話かと思ってた！」

「婚約を機に、家督《かとく》は弟に譲るつもりよ。ほら、最初に言ったじゃない？　『伯爵家の長女ではなく、一人の女として婚約させてほしい』って」

「あれはそういう意味だったんだね……！　でも本当にいいの？　私なんかが第一夫人の座をもらっちゃって……？」

「アルテの第一夫人を務められるのは、レイちゃんしかいないわ」

「その通りよ！」

アルテはアインズベルク以外、どこかの貴族家に深く関わるつもりはないので、全員が学園を卒業し、結婚してしまえば、第一だの第二だのという形だけの位置付けはほぼ効果をなくし、いつの間にか当の本人達ですら、忘れてしまう可能性が高いだろう。

だが、何に関しても形から入ることは大切なのだ。

レイは残ったコーヒーを飲み干し、カップを置いた。

「じゃあ、婚約が決まったことだし、三人で今後の予定を決めよう！」

「いいわねぇ」

「賛成よ！」

三人は正午の鐘が鳴るまでの間、深く熱く、そして楽しく語り合った。

その頃、まだ何も話を聞かされていない、今回の中心人物はというと……。

「なぁ、エクス。屋敷の敷地内に果樹園とか温泉とかあったら、毎日が充実しそうじゃないか？」

「ブルルル」

「ああ。今度バルクッドに帰ったら、庭を改造してみよう」

エクスの腹に背を預け、呑気に日向ぼっこをしていた。

「そういえば、レイ達は今頃どんな話をしてるんだろうな」

(俺に聞かれたくない話か。何か嫌なことじゃなければいいのだが)

こういうことには、とことん鈍感なアルテであった。

◆◆◆

レイ、リリー、オリビアは、喫茶店に向かった時よりも明るい雰囲気で、侯爵家別邸へと歩みを進めている。

「もしかしたら今日が、生まれてきて一番嬉しい日かも！」

「あたしも、今最高の気分よ！」

「私も同感。背中に翼を生やして、今にも大空へ向かって羽ばたきそうなくらい、気持ちが高《こう》揚《よう》しているわ」

一応説明しておくと、まだアルテ本人には話を通していないので、婚約が確定しているわけではない。しかし、すでに三人の頭の中は、婚約後の学園生活や、卒業後の夫婦生活のことでいっぱいいっぱいだった。普段は神童や、全属性使いなどと呼ばれ、また非常に賢く、精神もある程度成熟している三人だが、こういう時は普通の女の子と一緒なのである。

別邸に到着後、三人は門番に挨拶をし、その足で裏庭へと向かった。

「エクスと遊ぶって言ってたから、たぶんここにいると思うんだけど……」

「本当に仲がいいわよね、あの二人は！」

「なんだかんだで、いつもベッタリくっついて行動してるものね」

広い裏庭を、端から端までゆっくりと見渡すと……。

「「「あ」」」

皆の視線の先には、巨木の下で、木漏れ日を浴びながら昼寝をするアルテの姿が。

「あら、可愛らしい寝顔」

「なんであたし達三人に囲まれているのに、全く起きないのかしら、このお馬鹿さんは」

「う～ん。たぶん私達を信頼してくれてるからじゃないかなぁ？」

「もし敷地内に敵が一歩でも侵入した場合、アルテは一瞬で飛び起きて、真っ先に攻撃しに行きそうだものね」

「確かに……そういう意味で言えば、レイちゃんはともかく、あたし達も合格ってことよね？」

「アル兄様の本能が、無意識に親指を立ててるってことだよ！」

「想像したらちょっと面白いわね、それ」

「アルテらしいわねぇ」

ここでようやくアルテ……ではなく、エクスが起きた。

「ブルルル」

「「「おはよう（！）」」」

首を上げ、レイに視線を合わせた。

「聞いてよ、エクス。実は私達、アル兄様と婚約することになったの！」

それを聞いたエクスは、大きな瞳でオリビアとリリーに視線を合わせ、コクコクと頷いた。

そして瞼《まぶた》を閉じ、首をダラリと地面に落として、再び眠りについた。

「相変わらず、マイペースな子ね……」

「従魔は主人に似るって言うけど、まさにこういうことよね」

「エクスは三度の飯と、お昼寝だけは譲らないからね！」


三人でクスクス笑っていると、ついにアルテの瞳が薄く開いた。

「……ん？」

「おはよう、アル兄様！」

「昼寝の心地はどうだった？　うふふふ」

「ようやく起きたわね、この寝坊助！」

「おぉ、レイ達か。わざわざ裏庭まで起こしに来てもらって、申し訳ない」

と言い、アルテは目を擦《こす》りながら小さくあくびをした。

まだ目の焦点が合っておらず、しっかりと寝ぼけている。

「ねぇねぇ、アル兄様」

「ん、どうしたんだ？　やけに嬉しそうだな。何かいいことでもあったのか？」

「あのね。私達、アル兄様と婚約することになったから、よろしくね！」

「末永くよろしくね、アルテ」

「これからはずっと一緒なんだからね！　永遠に！」

「……へ？」

予想外の言葉が次々と羅列し、アルテの脳内はパンク寸前まで陥った。

(今婚約って言わなかったか？　しかも、レイとリリーとオリビアの三人全員と？　てかオリビアは伯爵家の長女だったよな？　ってことは、俺が婿入りするということか？　てか親父と母ちゃんはこれを知っているのか？　ちょっと待て、情報が多すぎて処理しきれない。頭が爆発しそうだ)

「さすがに座ってする話じゃないよな」

約一分後、アルテの思考回路が正常に機能し始めたため、立ち上がった。

気難しそうな表情をしているアルテを見て、レイが不安そうに問う。

「もしかして……嫌だった？」

「いや、嫌どころか、三人に申し込んでもらって、めちゃくちゃ嬉しいぞ。俺も皆のことが大好きだからな。今すぐにOKさせてもらいたいくらいだ。でも俺程度の男が、こんな素敵な女性を三人も娶《めと》っても良いのかと思ってな」

アルテの言う通り、リリーやオリビアとの婚約を狙っている貴族子息はかなり多い……いや、多いなんてものではない。ただ、二人が高嶺《たかね》の花すぎることと、いつもアルテやエドワードと共に行動していることを理由に、声掛けを躊躇《ちゅうちょ》しているだけなのである。

また、来年レイが入学すれば、二人以上の男子生徒に狙われることになるだろう。

ここにいる三人全員が、引く手数多《あまた》の、超人気令嬢なわけである。

要するにアルテは自分に、そんな三人と婚約する資格はないと考えているのだ。

「ふむ……俺が言えたことではないのだが、リリーとオリビアに関しては現在進行形で、すさまじい数の男子生徒から婚約を申し込まれているんじゃないか？」

「割とそうでもないわよ？　視線はたくさん感じるけど、なぜか誰も声を掛けてこないわ」

「あたしも一緒よ」

「あ〜、なるほど」

アルテは大体理解した。

「レイはどうだ？　結構お茶会を開いたり、社交界に参加したりしているが、いい相手は見つかってないのか？」

「この世界に、アル兄様以上の男なんて存在するはずないでしょ！　もう！」

「そ、そういうものなのか……なんかすまん」

(初めてレイに怒られたが、ちょっと癖になりそうだな。また今度叱《しか》ってもらおう)

「私も、アルテ以外の男と婚約するくらいなら、一生独身でいるわ」

「あたしも！　アルテと一緒になれないなら、死んだ方がマシよ！」

「……直接そう言われると、やっぱ嬉しいな」


「シンプルに考えて、一人一人と付き合う時間が、三分の一になってしまうぞ？」

「その分、愛をいっぱい注《そそ》いでもらえば十分だよ！」

「基本的にエクスとダラダラしてることが多いぞ？」

「私達も混ざってダラダラするから大丈夫よ」

「学園卒業後は、世界中を旅する予定なのだが……」

「あたし達も付いて行くから安心しなさい！」

その後も問答は続き……。


「最後に聞くが……本当に俺でいいのか？」

三人はコクコクと頷いた。

「じゃあ、よろしく頼む」

「うん！　こちらこそ！」

「不束者《ふつつかもの》だけど、よろしくね」

「しょうがないわね！　一生愛してあげるわ！」

無事アルテの婚約が決定したのであった。

余談だが、この後ロイドとケイルにそのことを伝えると、二人とも涙を流して喜んだらしい。

◆◆◆

その日の昼食は屋敷で仲良く済ませ、午後は予定通りショッピングをするため、帝国一の大通りへと向かっていた。

「今日の俺は、男としてカッコ悪すぎるな……こんな姿を見せつけてしまって、申し訳ない」

「アル兄様、どうして？　全然そんなことないのに」

「婚約の場合、普通は男側が漢気《おとこぎ》をみせて、玉砕覚悟で申し込むものだろう？　それに比べて俺は、ひとこと目を三人に言わせてしまった。男として、これほど情けないことはない」

「私たちが急ぎすぎただけなんだから、気にしないで頂戴」

「そうそう！　そうやって落ち込んでる方が、カッコ悪いわよ！　もっと堂々としなさい！」

「ちょっと元気が出た。ありがとな」

「これが夫婦愛ってやつだね！　ふふふ」

「そうかも知れんな」

四人はいつにも増して嬉しそうに談笑を続けた。

その後、帝都で最も良い品を取り扱っている、装飾品店に到着した。

三人に婚約記念のアクセサリーを贈るため、アルテは真っ先にここへ来たのだ。

「いらっしゃいませ〜」

店の中には、最高級アクセサリーがズラリと並んでおり、皆思わず息を呑んだ。

「どれがいい？」

「私、アル兄様に選んでほしいな〜」

というレイの発言に、オリビアとリリーも賛同した。

「じゃあ、とびきりいいのを選んでやるから、少し待ってくれ」

「「「は〜い」」」

数十分後、四人はホクホク顔で店内から出てきた。

レイの薬指には赤色の宝石の付いた指輪が、オリビアの薬指には銀色の宝石の付いた指輪が、そしてリリーの薬指には金色の宝石の付いた指輪が、それぞれ嵌められていた。

「待たせたな、エクス」

「ブルルル」

後日、バルクッドのアインズベルク侯爵邸に、一通の書簡が届いた。

「あなた早く来て頂戴！　た、大変よ！」

「どうした⁉　まさか連邦からの宣戦布告状か⁉」

「そんなわけないでしょう……とりあえずこれを読んで」

「なんと……あのアルに春が来るとは！　相手については大体予想がついていたが、やはりレイだったか！　最高じゃないか！　しかもそれだけじゃない。ブリッジ伯爵家長女と、カムリア男爵家次女とも同時に婚約とは……今日はなんて素晴らしい日なんだ！！」

「早く承諾の書簡を送り返しましょう。『あの子が悪さをしないように、しっかりと手綱を握るように』と一言添えてね」

「そうだな！　はっはっはっは！」


アルテは同じ内容の書簡を伯爵家と男爵家にも同時に送っており、その返事の書簡は、侯爵家とほぼ一緒のタイミングで返ってきた。もちろん両家共に、快《こころよ》く承諾してくれた。

これで正式に婚約が決定したため、大々的に発表した。

閃光が婚約したという情報は、すぐさま帝国中に広まり、国内は一時期お祭りムードとなった。それだけにとどまらず、この情報は商人を介して大陸全土に拡散され、各国でホットな話題になった。

もちろん全員がこの発表を喜んだわけではない。アルテや彼女達との、婚約の道が途絶《とだ》えたことを知り、膝から崩れ落ちた貴族家当主は多いだろう。だが、異議を唱えるような者は現れなかった。たとえ、それが兄妹同士の婚約であっても。

その後、レイは一度バルクッドへ帰り、アルテはまた学園に通う日々が始まった。

「おはよう、アルテ。待ってたわよ」

「時間ギリギリよ！　この寝坊助！」

「おはよう、二人とも。遅れてすまん、今朝寝坊してしまってな」

「髪がボサボサで可愛いわね。うふふ」

「あたしが後で、櫛でとかしてあげるわ！　感謝なさい！」

「そうか、ありがとな」

「そういえば、そろそろ帝王祭の時期だな」

「今年はどのくらい盛り上がるんでしょうねぇ」

「あたし、めっちゃ楽しみ！」

こうして、アルテの騒がしい日々がまた始まるのであった。

あとがき

皆様、お久しぶりです。田舎の青年です。

まずは『閃光の冒険者2』をご購入していただき、ありがとうございます。

二巻の刊行まで至れたのは、ひとえに読者様方の応援と、双葉社様ならびに編集者様、そしてイラストレーター様のご協力のおかげです。

また、今回も素晴らしいイラストを描いて下さった、タジマ粒子様には頭があがりません。

そんな皆様に、もう一度だけ御礼を言わせてください。誠にありがとうございます。

まさかこの私に、続刊を出せる日が訪れるとは……自分でも驚きです。

私は普段、複数のweb小説サイトで活動させていただいておりまして、そちらの方でも皆様が送ってくれた応援コメントを頻繁にお見かけし、その度に元気づけられております。

これからも心よりお待ちしております。

以降は二巻の内容を含みますので、読了後にお読みいただければ幸いです。

ここからは、若干口調を崩しますね！

いや〜、今回は学園に入学して早々、皇族に絡《から》まれたり、終焉《しゅうえん》級魔法をぶっ放したり、ワイバーンの卵を盗んだり、連邦に潜入したりと、アルテ君は大忙しでしたね。

また、剣仙ローガンにSSランク冒険者のマックスと、新たな強敵が次々と現れました。

そんな怪物達を、苦戦しつつも倒したアルテには脱帽《だつぼう》です。

まぁバトルシーンがやけに多い気もしますが、そこはご愛嬌《あいきょう》ということで!!

そして今回の見どころは、それだけではありません！

レイ、オリビア、リリーという、三大美少女ヒロインとの婚約とかいう、超ウルトラスーパービッグイベントがありましたね！　これにはアルテ君もニッコリです。

普段、全くと言っていいほど女性の匂いがしないルーカスが婚約したことにも驚きです。ぜひとも、全員末永く幸せになってほしいですね～。

二巻の内容については、ここまでにしておきましょうか。

実は今回の書籍化作業中、私は二回ほど体調を崩してしまいまして、編集者T氏にめっちゃ迷惑をかけてしまったのです。ごめんなさい、T氏。

編集者というお仕事はとても大変なことで有名ですが、私は迷惑をかけている身でありながら、『編集者さんは作家の体調不良みたいな突発的な事故とも向き合わなければいけないんだなぁ』と、ベッドでゴロゴロしながら、しみじみと考えたり……。本当にごめんなさい、T氏。

その懺悔《ざんげ》とは言いませんが、もう少しｗｅｂ連載を頑張りますね！

こんな私に三巻は出せるのでしょうか。いや、必ずや出してみせます。

そのためには、私やT氏、タジマ粒子氏の努力が必要なのはもちろんのこと、皆様の応援も大きな力になります。ぜひよろしくお願いいたします。

ここまでご拝読いただき、ありがとうございました。またお会いできるといいですね。

「皆、ありがとな。これからも頼む」

本書に対するご意見、ご感想をお寄せください。

あて先

〒162-8540 東京都新宿区東五軒町3-28
双葉社　モンスター文庫編集部
「田舎の青年先生」係／「タジマ粒子先生」係
もしくは monster@futabasha.co.jp まで

閃光《せんこう》の冒険者《ぼうけんしゃ》②

2024年7月31日　第1刷発行

著者　田舎《いなか》の青年《せいねん》

発行者　島野浩二

発行所　株式会社双葉社
〒162-8540
東京都新宿区東五軒町3-28
電話　03-5261-4818（営業）
03-5261-4851（編集）
http://www.futabasha.co.jp
（双葉社の書籍・コミック・ムックが買えます）

印刷・製本所　三晃印刷株式会社

フォーマットデザイン　ムシカゴグラフィクス

ISBN978-4-575-75342-4　C0193
Printed in Japan

Mい04-02